如何抵達人心，如何為愛畫刻度

駱以軍

駱以軍的文學啟蒙小說、26講

【自序】

重返最初的撼動

這本書的起心動念，是想像面對一室對小說有憧憬的年輕人，類乎散談，促膝交心，回憶我自己二十出頭時，懵懵懂懂，與世界像隔著煤污車窗玻璃，在毫無足夠經驗與教養的狀態，第一次讀到川端，第一次讀到夏目漱石，第一次讀到馬奎斯，第一次讀到杜斯妥也夫斯基，第一次讀到福克納，第一次讀到張愛玲……都只是他們小說中的其中一本，或一章節，對那時的我的內心，像是「世界被另一種次元，全部核爆、重置、拗扭成另一種物理概念」，像一顆原本空寂、貧乏的火星表面，突然被這些小說神人，帶來的漫天雷擊、大雨滂沱、烈焰滾淌、不可思議的極光，或之前完全沒有夢見過的森林繁複植株、禽鳥、獵食生物鏈、生滅的演劇……

對，我內心想，這本小書，這二十六講，並不是嚴謹的文學分析，它比較像「興」，興高采烈、意興遄飛的「興」。二十多歲的我，不知天高地厚，對這些小說，寫這些小說的名字，他們該置放在二十世紀，這麼劇烈的人類心靈「摧毀與捏癟」，應是嗚咽哀嚎，卻能在「小說」這一奇異結構中，像蚌貝吐沙，某種耽美、強光之行為，某種人類之卑微或可愛的「原因全藏在其中」，或要經過自己人生後來二、三十年的補課（永遠不夠），才略能體會這些小說，背後的所謂大歷史，二十世紀文明經歷了什麼超乎個人的重大噩夢，在歐洲、在拉丁美洲、在東亞、在印度、在俄羅斯，張愛玲的父母、杜斯妥也夫斯基本人、川端或三島、沈從文、年輕狼狽的馬奎斯、在勞工保險局安靜上班的卡夫卡，他們各自在各自的「惘惘的威脅」，在那眼瞳之玻璃窗外或內，折射了什麼怪異、不可思議、瑰麗或恐怖的風景？

二十多歲時的我，素面相見，那麼無知，那麼幸運，距離不過兩、三年前，完全和侯孝賢《童年往事》、楊德昌《牯嶺街少年殺人事件》，那麼同質感的，八〇年代台北小混混、青少年之間鬥毆，或教官廣播從天而降到訓導處報到，那個猶像黑白片將要過渡到彩色電影（不，之後更快速的動畫技術介入，從靜態畫面中插進一會四面八方竄炸的，各種蒙太奇、各種外掛的海量訊息，各種「聲音與憤怒」），那時那麼貧乏的我，如何像阿里巴巴打開藏寶洞，那眼瞎目盲的「二十世紀小說之光」。

我想在這年紀，回憶二十出頭，在陽明山小宿舍中，不同的，在不同的小說，初遇那種「最初的撼動」，真的，我曾多次提過，當年在山中溪邊宿舍，讀了太宰治的《人間失格》，那個心靈維度根本喫不住那全面撲襲的絕望、美、深哀，或什麼……沒有人在旁指導我，那小說的玻璃突棘像一尾活物鑽進我腦袋，我完全馴伏不了，當時外面滂沱大雨，我跑去山中狂走，久久無法平息，後來想從褲袋拿出濡掉的菸袋，拿根菸來抽，發現紙菸全泡爛了。

更深邃的，必須更延伸，要更長時間去體會的，譬如《紅樓夢》，譬如真正做足功課，才再次、三次、四次，重讀的卡夫卡，或《追憶逝水年華》，或其他一些重型長篇，都不在這本小書因力有未逮，無法整理出恰適之篇幅以交代，「那之後還必須、還會有的」，如果真的把小說當朝聖之途，當作抵達之謎，當作永無止境的仆倒，再奮志爬起……這本小書中的二十六講，應該是我的最初時刻，被某幾個小說的強光照眼、被驚異與著魔的，「眼瞳變成銀幣般」，那個與或能代表九〇年代我這輩，在這東亞小島上，極幸運、奢侈，某種高溫噴焰割開的窺孔或觀測窗洞。

我好像在召喚二十多歲時，讀著那些小說的，年輕的自己，跟想像中現在的二十多歲年輕人，「說情」嗎？「摶涎」嗎？像滿頭白髮的鑑定老師傅，拿著幾只小破瓷器標本，諄諄相勸，「那許多眼花撩亂、快速交易的，是贗品，是假貨啊」？

渾欲不勝簪。年輕時的我，應無法想像，後來加諸在我身上，「與小說這件事完全無關」的許多事，但回頭靜默想，張愛玲、川端、大江、波拉尼奧、拉美那些小說天才、昆德拉、然後老杜，沒有一個，年輕時我們抓耳撓腮，讀得宇宙破開次元，幾重天外重建人類夢想之境的這些小說家，沒有一人是「無痛分娩」的。有點像那些古老的神話，後來又被好萊塢大型製作所喜的，譬如《魔戒》，譬如《達文西密碼》，簡化了的，更帶著資本主義光芒的，但其實那是真實的。每一篇頂級的小說，就像咒印之盒，年輕時你打開它，細細咀嚼那些奇妙列陣的字句、造境，進入你的大腦，長出所謂靈魂，你被那強曝光改變了，也許用那已經和原本站在人群中的那個自己，不一樣了。然後用這「被卡夫卡、杜斯妥也夫斯基、昆德拉、張愛玲，魯西迪們，灼燒過了的眼睛」，繼續承接、觀看、沉思，後來的這個世界。

我是這麼想的。

目次

昆德拉寫到「同情」——並不是我們最初對這個詞的固見：可憐、不忍、悲憫——不是的，而是，因為妳是我深愛的那個人，所以妳內心全部的感覺，妳的痛苦、妳的童年創傷、妳對我的不忠所感到的錐心，或是妳對置身這個世界的那種一不小心就碎裂的「惘惘的威脅」，我全部能感受。同等程度的痛感。

他感

對於一位年輕的、進入小說奧祕森林的讀者，其實有一個你從字句、場景、人物內心、故事令你詫異或並不那麼大起伏，但細細如含羞草閉合的，隨文字描述本身的靈動，源源不絕進入你大腦中的「禮物」——一個只有從閱讀小說，且較長時光的閱讀許多本好小說家的小說，才可能無所預期，但層層累聚的，我覺得是更昂貴、更高級的心靈——便是「他感」。

這很像我們現在流行的，「如何餵養一部超強ＡＩ，讓它愈趨近『人類』這無法簡單劃出區隔輪廓線，那我們目前還遠遠將這種可能甩在身後」，你該餵養一隻ＡＩ，怎樣的「感情能力」？哪些記憶檔？哪些所謂「詩意」、「戲劇性」、喜怒哀樂在一個對象臉部，或一屋子人不同的變化表現，有怎樣的千變萬化？

「他感」，我最初從小說中，讀到小說家抽離的談這件事，是在昆德拉的《生命中不能承受之輕》，其中他像萬花筒寫輪眼，寫下登徒子托馬斯和許許多多不同女人上床，這造成那個我們年輕時讀了很容易便認其為「心疼的好女孩」，特麗莎，那個害羞、內向、靜美，第一次出現在托馬斯身邊，像從河流撈起的「籃中嬰孩」，脆弱、高燒，性愛高潮時像崩潰、打碎玻璃瓶那樣的哭叫。昆德拉在此寫了個讓年輕的我印象極深的詞：「抒情抽屜」。他說到，即使像托馬斯這樣的，我們現今社會視之為渣男的，閱女甚眾者，但卻在這樣「忠誠與背叛」永遠不成比例的，通俗愛情劇裡，他認真的分析，即使托馬斯這樣，日復一日給特麗莎帶來嫉妒的痛苦（她聞嗅著他從外面回來，頭髮、襯衫，就是有那些別的女人的氣味），但特麗莎自己卻不知道，她是唯一被浪子托馬斯珍藏在腦中「抒情抽屜」裡，唯一的一個。昆德拉寫到「同情」——並不是我們最初對這個詞的固見：可憐、不忍、悲憫——不是的，而是，因為妳是我深愛的那個人，所以妳內心全部的感覺，妳的痛苦、妳的童年創傷、妳對我的不忠所感到的錐心，或是妳對置身這個世界的那種一不小心就碎裂的「惘惘的威脅」，我全部能感受。同等程度的痛感。

這其實該說是「共情」。

你讀《紅樓夢》，讀到「黛玉葬花」：「天盡頭，何處有香丘？未若錦囊收豔骨，一抔淨土掩風流；質本潔來還潔去，強於污淖陷渠溝。爾今死去儂收葬，未卜儂身何日喪？儂今葬花人笑痴，他年葬儂知是誰？」

你怎麼能不跟著啼泣，為已知的黛玉的命運而掩卷流淚。

或是你讀《麥田捕手》，一路跟著被退學的霍爾頓，一路流浪，遇見詐他嫖資還揍他的皮條客，一路那黑人計程車司機、那些只想打聽他那個長春藤大學哥哥的笨馬子，最後是他那讓人心碎的，絕對有一顆黃金之心的，這世界唯一聽懂他那些憤世嫉俗的幹話的小妹妹……你怎麼能心底不柔軟，完全理解霍爾頓為何滿口髒話罵著這個偽善的世界。

年輕時讀D. M.湯瑪斯的《白色旅店》，那近乎大半本書，這個女人記敘下她所有不可思議的色情夢境（她正接受著佛洛伊德的治療），在火車車廂、在豪宅的宴會上、在戶外多人場景的野餐，最後夢境總是她和一位年輕英俊的軍官旁若無人的性交，但周遭發生了可怕的火災、人踩死人的悲劇。你隨著這些信件（或日記），好像進入這女人獨一無二的內在歇斯底里的夢谷。但小說最後，不是猶太人的她，卻因為要保護著她的丈夫和前妻的猶太小男孩，她如夢遊般排在一列完全悲慘失去人群的，許多人她都認識，她們那一街區的猶太人鄰居們，他們全赤身裸體，看見彼此的乳房、老人的陽具，身上東西早被拿槍押著的士兵剝去，隊伍的盡頭是一面牆，牆的那面是一片山谷，這邊溫順排隊的，聽見牆那頭不時傳來噠噠噠一陣的槍聲。但他們無人反抗，順承的走到那面牆。這些被射殺的死者，上萬人滾下山坡，納粹士兵還會走下來，看見沒死而微弱喘氣的，用刺刀溫柔的戳進身體，完成任務。

然後這一帶山谷，幾十年過去，被大型建商填土、灌上水泥護牆，蓋起一座觀光大飯店。隱喻是，被遺忘的數萬、數百萬猶太人死者，其實在那其中，一個獨立的女人，她就像白色旅館裡的一個房間，有她心靈故事中細微的愛欲、情感的變化，身為第一女高音猝死而成為頂替者的，如夢幻的榮光。

這都是透過小說，而所形成的「共情」。

因為年輕時讀過張愛玲的〈桂花蒸阿小悲秋〉，所以我在黃昏巷口，往停在路邊大怪獸垃圾車的後腹攪拌機，扔垃圾袋進去，便對擠在身旁，同樣往那裡頭扔垃圾的那些印尼、菲律賓小姑娘，多了一些溫柔和理解。因為讀過畢飛宇的《推拿》，我走進盲人按摩店，那挨坐在沙發，眼珠發白的盲按摩師們，14號29號55號57號，對我而言，就不僅僅是一些，我或許原本以為就是一個個仰著頭，用側一邊的耳朵，聽你說話的盲人。他感之心，可能你在一個包廂的飯局內，便像音義、定位雷達，在眾人七嘴八舌、杯觥交錯間，就觀察出，座中某個女孩，是偷偷喜歡另一個男子的。或某個年紀較長的男子，是對座中另個坐他太太旁邊的女人，是有負愧的。或你在咖啡屋獨坐，隔壁桌三個說不出來皆被生命的什麼傷害過的老頭，令你想起保羅．奧斯特《布魯克林的納善先生》……

這是我年紀愈大、愈遺憾後悔，自己一路來的小說速度，像吞食人物或故事的怪獸，將那麼多好材料，應該舒緩像用鋼琴完整替他們彈奏一曲全然包覆他們一個人的奏鳴曲，但我都將全部的人亂針刺繡織進一張大毯子了。這裡或許是「共情」之後，一個小說家（同樣以自己的身體作為一演奏樂器），怎樣完整，腦中全部琴弦共振，要將一個人物，一縷一縷耐煩的彈奏出來。譬如王安憶後來的小說《考工記》，裡頭的幾個人物，經歷過文革，但都像柏油地上積水倒映的車燈電光，原本的心氣，也已足夠的世故、謹慎，但還是在個人扛不住的歷史暴力、人世那麼艱難過後，並沒有更劇烈的鑼破、鼓摔、鋼琴被斧頭劈開，仍舊是文靜、細聲細氣的，但把人經歷過某種髒污湍溝、差點淹死，劫後餘生，眼睛眨吧互望，那寫得多麼好！

年輕時，難免有一種「二十世紀現代小說」的極限運動想望，確實從杜斯妥也夫斯基，從福克納那裡得來的，並不是「人」，而是一種遠超你生命經驗的劇烈人類存在狀態的扭動，包括若是讀了大江健三郎的小說，甚至馬奎斯的小說、卡夫卡的小說，或葛拉斯、魯西迪，這些在小說曠野以巨人之姿奔跑的小說家，其實你（如果虔誠想走這條路）內化在自己靈魂裡面長出一個較真實的歷史處境，規格比你能做到大許多的想像。你聽來的故事，像拾穗撿來那麼小小的，規模並不大的人心的受創，怪異的身世，所謂變態與瘋狂，你一定要在你自己的「粒子加速器」，將他們沖激到發出光爆，或掉進某種可以和前面所說的二十世紀小說巨人比肩的「巨幅油畫」。當然這其間（一定以十年、二十年計算），頗像芝諾的「阿基里斯追龜悖論」，你自己的青春、身體、燃燒的生命燭芯，其實是和一個一個你筆下的人物摔跤，你大力踩過他們，有時回過頭來看，斑斑血跡，你把那些奇異生命史的人物，踩扁在你的小說之途，像死去的青蛙。

有一種說法，小說家很像一賣氣球的小販，掛在他腳踏車手把上那許多顆飄浮的小丑氣球、老頭子氣球、張愛玲式側臉托腮的女子的氣球、孟克的吶喊氣球、瑪麗蓮夢露氣球、小鎮小混混少年的氣球……其實每一顆氣球，都是這個小說家，瘺紅了臉吹氣，把自己的生命力灌進去，才浮起一個一個人臉氣球。

所以啊，過了一個年紀以後，別再妄念那些比較，什麼「莎士比亞一生創造出上百個完全不同的人物」、「卡夫卡一生，可能就只寫一個人物」，馬奎斯呢？昆德拉呢？更恐怖的，波拉尼奧呢？你何其有幸，在小小的地方，遇見一些混在像整條魚市場各水盆的魚群裡，單獨裊裊走到你面前，揭開一段故事的人。你又何其有幸，在其他人對他人的想像，只停留在某些敷衍支架時，你曾細細的讀過川端的《雪國》，或莒哈絲的《情人》，或張愛玲的小說、契訶夫的小說、瑞蒙・卡佛的小說，孟若的小說，你在真實中遭遇或錯過的人，辯證著某種「如果這是哪位偉大小說家，他如何攤開這個人心之膜的波浪形態？他會在哪留下空隙，而在哪個部分的支架狠心的燒斷？」這時，那個「共情」，可能比這故事的主人，或曾愛過她、拋棄過她的哪個你不認識的人，你幾乎是吃下她（那濃稠的感覺時光），變成一部分的你自己。這因此必須在你內在，辯證著，如何同步於這個人物的自尊、謊言、對世界的憎惡、對創傷的不斷回望，或是她原本還是個完整之膜的時光、她的小小的快樂、她對傷害她的人世的原諒……等等。

對一個少年來說，小鎮那奇怪街區那些遠超過他生命經驗能承受的奇怪玩意，既是未來，也是他無所知的昔日、過去。它們可能是一台幻燈機，窗洞看去的是那個已經死滅，而男孩不可能知道曾經的遠方發生過什麼殘酷的屠殺、文明滅絕。

童年小鎮

我小時候生長的小鎮永和，它被一條「中正橋」（原本叫「川端橋」）勾連著台北城，到我可能四、五歲時，才又在靠近中和那一頭蓋了一座「福和橋」。大約我國三、國四那幾年，又在離我家頗近，要穿過一片網狀迷宮，十二指腸般的紊錯、互通的巷弄，到達的老河堤，原本各種賣大腸麵線、剉冰、賭香腸、炸臭豆腐的小攤車，還有各種不良少年聚集的，一處河堤較平坦的地方，被清掉，蓋了後來的「永福橋」。可能二十年前就發生了，但當時我少回永和，總之老河堤被清掉，蓋了極高的水泥牆，可能沿著新店溪，這傍河一線，都變成快速道路，童年時，河堤這邊處處是農田、竹林，黑魚鱗瓦日式小屋、人家籬笆、野狗野貓自由漫晃，或那些和我父親同一年一起逃亡到這島上的，許多是老兵、老士官，但都跟所謂的

「公教人員」，混居在這悠閒小鎮。

如今當然早都面貌全非，大約我小學五、六年級，一直到整個國中，我不知道的背景（台灣退出聯合國、中美斷交），可能頗大數量驚弓之鳥的外省人，不惜賣掉他們的這些綠樹成蔭的日式小屋，當時不知是怎樣的小建商，總之我上學、放學的穿巷繞弄，處處可見那些原本黑瓦矮牆，櫛次鱗比的，有木瓜樹、桂花、杜鵑、芒果樹、曇花，甚至椰子樹、紫藤的鬆散空間，變成挖土機正在開挖的一個大坑洞，像拔去牙的凹窟窿，然後毫無規章的，蓋成一棟棟挨擠在一起的五層公寓。這又四十年過去，如今這些公寓，像長了瘌瘡的峽谷，小巷弄還是那麼蜿蜒窄小，但一個區內塞擠進的，也許是常年那些老外省，他們沒有出息的第二代，也許是這三、四十年間，陸續從中南部搬遷上台北，但買不起城裡房的打工人。而原本可能是永和通台北的「中正橋」頭頂溪一帶，轉進來算是明珠的竹林路（我小時候，這裡可是鎮公所所在地，有公私立小學各一所，有一家那年代極時髦的，有電影院、大型超市、保齡球館的「中信百貨公司」），如今因捷運線繞開，直接從中和插進，小時候覺得無比荒涼的南勢角，那裡是更新形態的建商，開發的社區大樓，塞進更大數量的人群，竹林路這條小馬路，也就說不出的衰敗、暮氣。其實還是有不同年代，小鎮標配的，沿老騎樓改裝店面的，麥當勞、肯德基、屈臣氏、一些銀行的ATM、金石堂、星巴克、十步二十步一家的7-11、華歌爾胸罩店、眼鏡行、手機專賣店、新的老的藥局、小火鍋店、便當店……但似乎就像一根燃盡將滅的火柴，那最後的微光，一直迴照著也許我童年時他們就和我一道住在這裡的，那像蟻穴的，竹林路兩側各自極窄蜿蜒進去，我童年時在裡頭轉悠還會迷路，藏著各家宮廟、巷底小雜貨店、家庭理髮店……有些巷弄收束，窄到不能再窄，竟剩下兩排原先你無法想像，是怎樣貧窮的家庭，蝸居於那麼小的框格裡的廢墟。

我國中生在這樣的「和外面世界完全不同」的巷弄裡，穿繞著，學習了被突然竄出的小混混勒索，也和同伴偷牽人家沒上鎖的腳踏車，其實只要不朝巷子底處鑽（鑽進去是更多擰在一起的小巷），像我父母，或那些大人，早晨也都是光鮮、朝氣的，走出巷子，在竹林路的不同車號公車站等車，然後公車會將他們運過橋，到台北，各自都是正派工作崗位上的人（你想我父親是大學的老師，我母親是台灣銀行的職員）。但往巷子深處的迷宮裡鑽，我少年時曾賴在那某個離家較遠的漫畫出租店裡，那光線極暗，坐在小板凳上，除了看大批那年代的日本漫畫，各種關於棒球、劍道、拳擊……神乎其神的天才少年自我訓練的「成為王者」的故事。當時也在那牆櫃上排滿滿，包了厚紙皮，但仍油膩污漬的「絕對和圖書館不同，也和家中我父親書櫃那些中文系老頭的書不同，但原來這世界有那麼多的，我無法形容的男曠女怨，奇觀妄想」，我大約國三時，在那樣的租書店，讀了古龍的小說、瓊瑤的小說，那些情節，簡直像某種「晶圓代工」，把其實極壓抑病態的思春，用這種完全和真實世界隔斷的方式，壓擠在我這個，活在家教頗嚴，但好像又讓小孩自由亂跑的，完全不諳世事的少年的腦袋。

這幾年我重病，療病期間，受到楊澤老師諸多教誨，其中有一句最常唸叨的，便是「要親近市井」——一是要接地氣，二是要知江湖多高人，多親近市井之人，他們在時光中撥弄兜引，生命真實遭遇的生、老、病、死、悲、歡、離、合，然後作為小島不同時期潮流，曾經「摸蛤仔兼洗褲」，在其中虛與委蛇，疊羅漢又摔跤的活化石，必須真實的（而非只是在某個封閉小圈內，或後來的網路幻相）和他們接觸、泡茶、聽各人的故事……

但我自己的時光悖論，我十八、九歲之前的青少年時光，應該比同齡人更和「校園之外的迌迌仔」多許多相處，或是四十多歲後，亦有一段時光，夜晚被長輩拉出去喝酒，見識那走馬燈般的，這個時代的藝文江湖人等。但回到這整個系列的提問：「年輕人為什麼要讀小說？」我還是深刻的感觸：我在二十歲左右，進入一種高強度的，如我在許多地方所說的，「現代小說的創作，一如頂尖職業運動，它是非自然的使用，極限承重、高密度，或說必須在一種極度專注的持續訓練，而後在有限的競技時刻爆出全部光熱」，就像我們看到最好的NBA頂級球員、美國職棒大聯盟，或頂尖的世界足球運動員、奧運不同項目的最拔尖者……這些在現代資本主義框架上的「人類巔峰者」，有一個很成熟、昂貴、持之以恆、專家分工的訓練體系。我自己回想三十年前的島國台灣，當你起心動念「想成為一個像昆德拉、卡爾維諾那樣的小說家」，這展開在你眼前的難度天塹，你必須用一種很像我從那些日本運動少年漫畫中看到的，進入一種「修行者時光」，就是隔離塵世，專注於某種「違反常態的持續訓練」，如大谷翔平練習揮棒、勒布朗的重量訓練和反覆投籃、羽生結弦訓練自己的高空彈跳……這很自然的，在我二十出頭時的台灣這第三世界，會形成自己和群體（那種自然而然的生命狀態，我身邊的室友、哥們，忙著把妹、打麻將、抽菸喝酒、有一搭沒一搭的修課）的脫離，你不知不覺會「隔著一層厚玻璃在觀察活生生的人世」。

這之所以會形成「悖論」，第一是，我們要到很後來才領悟，我們出生在一個非常不重要的國家。這個世界不會有其他國家的讀者，像我們那麼虔誠，花那麼大的準備去閱讀普魯斯特的小說、卡夫卡的小說，甚至魯西迪的小說、村上春樹的小說，那樣來閱讀、翻譯我們的小說。

這當然有個「勘破的最末端的那只玻璃燈盞」，就是「名利場」（楊澤老師對我說的），更強大、擴張的，二十世紀規模的資本主義頂尖皇冠，我們其實都像《黑鏡》其中一集，那無限根鬚分散的小小末端房間，那些拚命踩腳踏車以增加微不足道點數的巨大遊戲。

第二個要勘破的，是「不朽」的妄念，你自然想寫出《紅樓夢》，或是創造出《蒙娜麗莎的微笑》、《星空》，那樣不朽的藝術品。後來你當然追補了許多知識：傳播學理論、文化帝國主義，遠超出淺薄的我們能真實感受的漫長時光，種種極小極小機率的「被發明出來的經典命運」。

布魯諾・舒茲的〈肉桂店〉，是我讀過，最夢幻、寂靜、詩意、永遠失落的「小鎮」，他筆下那個「夜闇中，男孩獨自在其中趕路、迷路的小鎮」，和馬奎斯筆下的「馬康多」，或是後來我在大陸小說家阿乙、雙雪濤短篇小說中的那些小鎮，《惡童日記》中那對雙生子孤兒的小鎮……都在我大腦中如幻燈片，和我童年的小鎮「永和」做了一種逆滲透的交換、融合。

舒茲這個短篇，開始在一個黃昏，小男孩由父母帶著，來到小鎮中心一個劇院觀賞演出，這對小男孩如夢幻、天堂，或現在的迪士尼樂園，「一陣冷顫流過天空那巨大的表面和搖晃的布幔（上頭的面具都因為這晃動而顯得巨大、生動），揭露了天空的虛偽，讓現實發出顫抖。」但就在這個神祕的氣氛、歡樂、期待的時刻，男孩的父親發現他把放錢和身分證的皮夾，忘在家裡了。且不說這個父親，在舒茲其他篇小說，都以一種奇怪的、倒楣的、失魂落魄的「哈姆雷特的父親鬼魂」形象，灰溜溜的回到家裡，當然我們知道更多舒茲這小說家悲慘的命運——他身後當時正發生著數百萬猶太人被送去集中營屠殺——後，能心領神會，那個不同篇中變成禽鳥、變成一隻螃蟹的，「失格的父親」，其實是整個民族都保護不了自己的豆莢，被撕毀、被奪走、被取消人類活著的形態。在這篇〈肉桂店〉的開頭，這個失能的父親，再一次因自己的倒楣，破壞了男孩原本一個夢幻的夜晚，且不可思議的，他竟讓這男孩獨自穿過這個小鎮，跑回家裡，於是這變成一篇，美如夢幻，像一坨揉好的紙團，神祕被攤開的，像夏卡爾的畫那樣靜謐、神祕的小鎮風景。

男孩在小鎮串連、縱橫交錯，且逐漸半暗不明的街道迷路了，許多段落寫著他頭頂的天空：「那一晚，天空把自己的內在裸露了出來，像是許多解剖標本，展現出螺旋狀和具有多層次的光、一片片夜之綠玉的剖面、空間的血液、以及夜晚迷夢的組織。」這樣美如水聲的描寫，遍摭即是，但我這裡不多抄引，真正在此對我極重要的一段，也是這篇小說的篇名，男孩自作聰明的抄近路，跑進一條平時不會闖進的、怪異的街區（我想像可能會有些阻街妓女、黑幫的類似萬華華西街、林森北路的六條通小巷），一些小店的牆上有黑沉沉的崁板，人們經常管它們叫肉桂店。

在燈光幽微、昏暗又具有儀式氣息的店鋪裡飄著一股深沉的顏料味，混雜著漆器、香、遙遠國家和稀有物質的味道。你可以在那裡找到煙火、魔法的小匣子、早已滅亡國家的郵票、中國印花紙、靛青、馬拉巴爾的松香、珍奇昆蟲的卵、鸚鵡、巨嘴鳥、活的火蠑螈和王蜥、蔓德拉草根、紐倫堡的機械玩具、花盆裡的何蒙庫魯茲、顯微鏡和望遠鏡、還有最重要的——少見、獨特的書籍：古老的對開本，充滿稀奇古怪的插畫和令人暈頭轉向的神奇故事。

我記得那些充滿尊嚴的老店員，他們總是低垂雙目服務顧客，帶著保密的沉默，充滿了智慧以及對最私密要求的理解。

總之，這個夜晚，成了小男孩在那「入夜後如夢境不斷抽長的小鎮」之中，拚命奔跑，他的任務是，跑回家中「找回父親丟失的那個身分」，但這個不斷在夜間夢幻長出琉璃珠、萬花筒奇景的小鎮，太多不可思議的迷人景物了，乃至於小說結尾，男孩終於把那個可憐、倒楣，仍在上一個黃昏的劇院入口處等著兒子取回他身分的父親，徹底遺忘。

這麼悲傷又充滿童趣靈光。其中他寫到他也跑進自己的中學，經過那平日孩子們會點蠟燭在其中繪畫的教室，那些石膏像「他們是尼俄伯的孩子、達那俄斯的女兒和坦達洛斯的孩子。這是悲傷、荒廢的奧林匹斯山，多年來在這石膏博物館中枯萎。那個房間的黃昏變得模糊不清，就算是在白天的時候，裡面也昏睡似地淹滿了石膏的夢想、它們空洞的眼神、模糊蒼白的面容和落入虛無的沉思。我們常常喜歡在門底下偷聽裡面的聲音——裡頭一片寂靜，充滿了那在蜘蛛網裡變得乾硬易碎的廢墟所發出的嘆息和低語，那個在無聊和單調裡逐漸瓦解的、眾神的黃昏。」

這寫得多麼美！事實上我讀到這篇〈肉桂店〉時，不能自已的將之套疊上我自己記憶中的童年小鎮，對一個少年來說，小鎮那奇怪街區那些遠超過他生命經驗能承受的奇怪玩意，既是未來（來自這封閉小鎮之外的，那個日新月異，不斷有新玩意冒出來的外國），也是他所無知的昔日、過去（那些神祕表情的江湖老頭，那些古董），它們可能是一台幻燈機，窗洞看去的是那個已經死滅，而男孩不可能知道曾經的遠方發生過什麼殘酷的屠殺、文明滅絕。但這個小鎮在這個夜晚，才讓他意識到，原本沒有開啟這「夢中迷路快走」程式的小鎮，可能是世界的盡頭，人類文明流浪的最後的擱淺地。我們數百年來，被教育（其實不論在一九四〇年代波蘭的一個小鎮，或是一九六〇年代台灣的一個小鎮永和，都同樣被這種幻覺鼓動）：人類的歷史正朝前進步，遠方傳來的那些新玩意，就是未來的證物，如同我童年小鎮永和巷弄裡雜貨店，賣的原子小金剛、超人力霸王、恐龍、哥吉拉這些塑料玩具；或是小鎮電影院隔比較長時間會上檔的好萊塢電影。

對一個年輕的小說讀者來說，「讀不懂」、「錯漏這本小說最珍貴之物」，或「把原本極龐大的訊息量，縮窄成另一回事接收，那可惜了」，其實是一種必然的宿命。——很多年後你重讀時，得到那種遲來、追襲而上的快樂，正就是當年所漏缺、奇妙的時光贈禮。

那個極限的光

年輕時讀三島由紀夫的《金閣寺》，對當時的我來說，很像是遇見一位「瘋子導師」，帶無知的你在一座《愛麗絲夢遊仙境》式的迷宮，但左邊一紙窗門扉拉開，右邊一轉便走進的和式木板長廊，並不是那種西洋棋、怪兔子、王后、笑臉貓的孩童狂暴奇觀，而是一種二戰末期日本京都「惘惘的威脅」、「一座城將被B-29轟炸機灑下如豆粒的燃燒彈燒成灰燼」，這種高燒瘋狂，幾組不同陰鬱、心智極高，但人格扭曲之人，以一種耐心，類乎訓練臂力、胸肌、腹肌（如同傳記中的那個追求陽剛力勁的三島），一種對於「地獄焚燒，不，整個梵天都焚燒的光爆，極限之美」，如同以一種建築物搭建的結構、力學、局部的迴路（在小說裡，便是一些非常悖反倫理的戲劇性遭遇），是的，整本小說，以不斷盤桓探問（那被其美所蠱惑的內在痛苦），我們同時目眩神迷跟著三島的魔幻之筆，逐級而上搭建那座金閣寺，最後，像一首交響樂的必然命運，將那座以小說中這些乖異、著魔、像夢境中沉浸千百年的老龜，即被時代新的暴力掀起……小說家安排這個主角，整個靈魂被金閣寺之美，折磨、充塞、凌遲，不知如何以人間概念對付之的，這個口吃少年，親手放火燒了金閣。

有沒有一種似曾相識之感？徐四金的《香水》，那個缺乏人類感性、同情能力的惡魔，卻擁有對所謂「製造香水」，神乎其技，讓人瞠目結舌之天賦的香水師葛奴乙，在十八世紀巴黎最穢臭的低層市井，蟄伏著學藝。他耐性的以作坊學徒的身分，摸索學習冷萃法，熱油熬法這些原本提取玫瑰、百合、茉莉、諸般花朵「香味之靈魂」的技術，無人知曉他的內心有一座關於氣味的輝煌大教堂，他冷酷的用木棍打死小狗，用膏油棉布浸取甲蟲、麻雀猝死之瞬的「活生生的氣味」，或用門把的黃銅，可以調配出「滴了那香水，在人群中無人注意到這人的存在」、「懷念的感情」、「使人心生恐懼」、「莫名的被吸引」種種擾亂欺瞞人類腦中意念的創作，而這都只是他那座「夢中氣味大教堂」的磚瓦，小說最後進入讓人恐懼，但又被其神乎其神的惡魔技藝所迷惑，他幾乎都挑選同一類型的美少女（蜜糖色頭髮、眼瞳極美、牛奶般的皮膚），將她們殺害，而只剝下頭皮，作為一座虛空中的「香水皇冠」，最後瞄準殺害的總督的女兒，則是這只皇冠上的那顆鑽石。她自然是最美，不，在葛奴乙這「創造香水最極限」的惡魔內心，是「最香」，萬中選一，獨一無二的「發出香味者」。

我扯遠了，但三島的《金閣寺》，給予二十出頭的我，那個成長於上世紀七、八〇年代，這個第三世界島國，正從物質貧匱走向出口加工、大量機器複製品味俗廉的零食、塑膠玩偶、無聊的三台及那些洗膠廣告歌曲、中學生穿著卡其軍訓制服、公車裡擠在一起但很難區別出個性的人群、人體……三島的敘事給予我內心的「照亮」，示範了一種小說的抵達之謎：遠遠高於你的一種「美的核爆」，如何以建築的結構，分散其重，像一種不同章節的反覆辯證，其實是將「不可能的強光、蕈爆、宇宙大爆炸」，所謂「神眨眼」，以一種小說人物的摔跤、犄鬥、纏綿，將之「慢速播放成可以用小說來閱讀之景觀」。

《金閣寺》的主角「我」的敘事，帶有一種我們那年代讀日本小說，譬如夏目、芥川，譬如志賀直哉，甚至太宰治，這些小說中人物特有的陰沉、厭世，甚至杜斯妥也夫斯基《地下室手記》那種「畸零人」的氣味延伸。「我」是個口吃少年，從他漠然的回憶，父親很早死於肺病，甚至有一段讓年輕的我極震撼的畫面：

小時候有位遠房親戚來家投宿，他們並排擠睡在榻榻米——我還清晰記得他描述那綠紗蚊帳被風吹動如漣漪——半夜被母親與那男人極小心的性愛擾醒，躺在他身後的病弱父親，竟伸手遮住他的雙眼。這種感染性極強的，說不出的屈辱、貧困，父死後「我」被送進寺廟當學習僧，竟又進入一種，「我」與師父，力量不對稱的靜默鬥爭，「我」見到平日尊貴的師父走進妓街，竟將那些妓院名片，第二天拿報紙進呈師父時，挑戰的塞藏其中。

這樣一段接著一段，像昆德拉說的「賦格」，不同樂章「在一個聲部上出現一個主題片段，然後在其他的聲部上模仿這個片段」，主題片段與其他變奏，相互問答、追逐、盤桓飛翔，如此第二、第三、第四聲部依次進入，纏繞交替。

有一個重要的關於「美」，或「金閣寺代表的美的不可占有，不可再現，毀滅時必然遠高於凡俗之物對人心的震撼」的核心主題，三島藉這位不論社會地位，或邪惡自控、心智皆高於「我」的師父，說了一段著名的「南泉斬貓」公案：

> 東西兩堂各爭貓兒，師遇之。白眾曰：「道得即救取貓兒；道不得即斬卻也。」眾無對，師便斬之。趙州自外歸，師舉前語示之。趙州乃脫履安頭上而出。師曰：「滴適來若在，即救得貓兒也。」

金閣寺中借師父之解：

「南泉和尚之所以斬貓，是斷絕自我的迷妄，斬卻一切妄幻想的根源。由殘忍的行動，來斷絕一切的矛盾、偏執和對立。如果這就叫做『殺人刀』的話，則趙州則是一把『活人劍』，把那沾滿泥垢、被人蔑視的鞋子，本著最大的寬容之心，戴在頭上，這正是實踐菩薩的慈悲之道。」

「……法水寺與潮音洞同樣寬敞的二層，儘管顯示出微妙的差別，但仍處於同一處深深的屋簷的庇護之下，猶如一雙相近的夢……眼下將兩個組合起來，夢就成了現實，快樂就成了建築。不過第三層究竟頂驟然收攏的形狀，使得一度得以確立的現實分崩離析，最終歸順並臣服於那個黑暗而輝煌的時代的高條的哲學，於是薄木修葺的屋頂高高隆起，金鳳凰連接著無明的長夜。」

「建築家對此仍舊感到不滿足。他又從法水院的兩邊探出一間類似釣殿的玲瓏剔透的漱清亭。貌似要打破均衡，他就將其賭注一股腦兒的押在一切美的力量上。對這建築物來講，漱清亭是反抗形而上學的。儘管它絕非長長的伸展於地面上，但是看上去卻像從金閣的中央奔往無極的遠處。漱清亭宛如一隻振翅欲飛的鳥，現在就展開翅膀，正從這建築物逃往地面……由規定世界的秩序通向無規定的東西，甚至可能是通往感覺境界……因為地位上飄蕩著巨大的感覺魅力，儘管是築就金閣的無形力量源泉，但這力量在秩序建立、美麗的三層樓閣建成之後，便再也無安居其中的耐性，只好沿著漱清亭重新逃回地面、逃回無邊無際的感覺的蕩漾……」

年輕時讀三島的《金閣寺》，很容易被他那種發燒夢囈般，對美，像眼球裡的水晶體都沸騰滾泡，黑暗的俗世，殘缺的、卑瑣的我們（口吃，或八字腳）雙手狂撈，朝著那金色輝煌如著火鳳凰的金閣寺，撲跌而去，但它必然不可能存在於這樣悲慘齷齪的俗世啊。三島在不同章節，以他的幻造筆力，描寫不同情境（或說夢境中）的金閣：雪景中的金閣、黃昏夕照中的金閣、被B-29轟炸東京，這將臨噩夢，有一天京都必將也遭轟炸，那麼美的金閣必將葬身於火海……

這種結構森嚴，卻又深諳谷崎潤一郎《陰翳禮讚》，那種東方感性、光影反證，和流動的風、時光的漂浮、污垢、破損，皆能建構出其深奧「美之無限」，這樣的「不可說、不可得、不能碰觸」的，神性的美，讓「我」屢次在淫蕩女體誘惑時，非常奇異的「失能」——無法勃起，但也意謂著無法進入人世的難堪、猥瑣、詐欺，與他人因循苟且的在「漠視了美的凡俗」中共存。

如同南泉斬貓，這個口吃的少年相信「金閣非燒了不可」。

三島以《金閣寺》，向我們說法：美是如此殘暴，美又會將平凡人世的時間、一切有為法，皆否定，但是它巨大、威力無限（竟像原子彈的光爆），像班雅明講的「將舊有的一切皆襲捲、摧毀成廢墟瓦礫的，時代的暴風」，但似乎倒過來了，班雅明是描述了一個掀著翅膀，迎著風暴，倒退著走向未來的大天使，祂悲傷的拾揀那些碎片、瓦礫。但對三島而言，「金閣」既是絕對矗立的，他的日本的昔時一切，又處在極脆弱，隨時被美軍B-29扔下的地獄之火燒毀的，自顧飛去的鳳凰。「未來」一定會來，而且其實就在眼前，我們對照著看川端在日本戰敗後，說了那句「此後即是餘生」，或像太宰治這些戰後派小說家的「頹廢惡漢小說」，或對比同一時期的張愛玲倉惶逃出中國，六十年後（死後）遺作被出版，《易經》，說到她的祖先千年之前，就教誨後代，躲在別人的夢境屋簷下，要「貼壁而行，如履薄冰」，甚至因而由其母親示範教育，男女之間，所有的話語、姿態，全是陽奉陰違、藏陰納翳、非其光照表面的輪廓。或是我們讀白先勇《台北人》，那些剛經歷過百萬人規模的東北戰役、徐蚌會戰，大批殲滅、潰敗、逃到台灣這小島的男女老少，他們是近距離被觀測的，剛從一場恐懼、不真實如夢、生離死別，之前人生的輝煌或珍貴的小小情愛，全被暴力剝奪，像剛從那兇暴之河爬出的濕淋淋鬼魂，那些坐困愁城的老將軍、比家人還親的副官、官邸的老奶媽，或是從上海百樂門頭牌貶到台北金巴黎的金大班，〈花橋榮記〉裡那麼清純深情的一個安靜男子，最後卻被自己表哥，騙他可以將留在大陸的未婚妻偷渡來台，騙光了他十幾年的積蓄⋯⋯白先勇可以將這些，被時代暴風痛擊打凹，不成人形的歪斜者，卻在〈遊園驚夢〉中，以崑曲的《牡丹亭》杜麗娘「遊園」——那另一種的「美的不可思議」——慢鏡頭，所有人進入崑腔及其伴奏之典雅的絲絃笛管，漫步看這些人的「聲音與憤怒」，卻疊上了春遊花園、奼紫嫣紅，另一種「以絕美來重訂尺框」的熨貼。這可以作為年輕的小說創作者的不同感覺的啟發。

我年輕時，缺乏經驗和教養，卻又像《愛麗絲夢遊仙境》掉進兔子洞，進入了小說那深奧、螺旋形樓梯建築、萬花筒寫輪眼所見，或童偉格所說的「萬鏡之廳」。而這還不是金庸小說中，「天龍八部」，那些什麼九陽真經、降龍十八掌、小無相功、北冥神功⋯⋯這些玄幻遼闊的奇想，而是福克納、卡夫卡、馬奎斯、杜氏、昆德拉……他們展開的一種「人類心靈的巨觀」。真的，在我二十多歲時，與外界的世界隔離了，就像一個耽迷且苦練古典吉他的學琴者，每天讓左右手各五指，在那琴弦和琴格板上摸索，學習每一種形態的小小跳躍。事實上，我至今仍會對某些時遇見的，充滿才氣且兩眼那種對小說如夢如幻激情的年輕創作者說：「不要急啊，你還有十年，乃至二十年可以浪費，把自己扔在這人世之海，小說絕對是那後來的打撈。」

我曾寫過這段話：「只恨自己不是出生在張愛玲家、白先勇家，所以無從具備那從小即印痕在五感、四面八方，那複雜的、理所當然的人情世故，放置在生活空間中的藝術品，所有人使用話語背後的虛實縱深。」不只如此，我年輕時幾度當作攻堅，打開普魯斯特的《追憶逝水年華》，然皆無法進入，讀著讀著便昏昏欲睡。實則是內在做處理、運算的「硬碟」容量太小了，無法同時吞納那麼龐大、不斷漫漶的細節。對《紅樓夢》的體會亦如此，年紀愈增，每隔幾年，再次重讀，那個「疊加」而上的、年輕時略過的影綽，以為是無關緊要的側筆、暗筆，這時湧上的那個「靈光乍現」，擊節佩嘆，才知偉大小說的無窮妙處。

所以，對一個年輕的小說讀者來說，「讀不懂」、「錯漏這本小說最珍貴之物」，或「把原本極龐大的訊息量，縮窄成另一回事接收，那可惜了」，其實是一種必然的宿命。你可以在一門最強大文學理論課上，被導讀進入某個二十世紀偉大小說家「殿堂中所展示的經典模樣」；或是由一本「一生不能不讀的五十本小說」這種簡化成情節概述而似懂非懂記下那些人名、書名；或僅因你當時暗戀的某個男孩或女孩，他告訴你，「孟若是這世上最深邃的小說心靈」……種種種種，二十多歲時，說「讀過了」、「讀懂了」、「讀透了」，川端、波赫士，或昆德拉，或大江健三郎、卡夫卡……那絕對是「一個不為人知的祕密──你絕對僅是撞倒了這本小說若作為一座博物館，展廳一角的一座恐龍骨架標本」──很多年後你重讀時，得到那種遲來、追襲而上的快樂，正就是當年所漏缺、奇妙的時光贈禮。

這裡恰好可以思索反證，這些年我遇見一些老哥們，愛抬槓的話題：「有一天，人類可否將AI發展成，如當時阿發狗擊敗人類最強的圍棋手李世乭，會否有一隻AI，寫出，完全原創，但是像《卡拉馬助夫兄弟們》那樣偉大的小說？」

我的回答總是頑固如一個基本教義派：「不可能。」

事實上，在這一章節中，當我們反思：「二十出頭的年輕人，為何要讀杜斯妥也夫斯基、卡爾維諾、波拉尼奧、瑞蒙．卡佛、莒哈絲……巴拉巴拉那許多『硬蕊』、『艱澀』、『奇觀妄想』、『聲音與憤怒』的二十世紀『了不起的小說』？」剛好其實是同一個糾結的追問核心：

即「對於人類情感的想像力」。

人類該是怎樣的一種感情動物？或說，一個智人，一個歐洲人，一個東亞人，一個拉丁美洲人，一個和不同女人有過不同交往時光的男人，一個被原有社會框架、無形施暴的、說不清楚是哪種人的人……對一個二十歲的青年來說，用蘇珊·桑塔格的話（雖然如今被濫用，但我還是覺得這是一句優美如純金，如此誠實的話）：「如何同情理解他人的痛苦。」用村上春樹那本他最漂亮童話結構的小說《世界末日與冷酷異境》中，那個「夢讀」的角色，就是將眼球割開一道口子，從此可以在圖書館地下室，將那些死去的獸之頭骨，它們生前吃下的無數人類夢境碎片，如磷光釋放出來。其實在哲學上來說，它非常龐大且我無能力展開，但確是一種將「我」如海洋中漂浮的菌藻，慢慢演化成軟體動物，演化成硬骨魚、兩棲類、哺乳類……不，最後又無遠弗屆的散布在海洋中，一種海德格在《存在與時間》中說的「此在」。

二十多歲，拿起一本川端的《雪國》，順著那文字串，靈活變化的句子，進入到那個小說的祕境；或拿起一本馬奎斯的《百年孤寂》，超出你眼球轉速的不可思議生滅、藤蔓植物包圍的廢墟，那莫名其妙的家族一代一代人物串，他們那麼怪異又迷人的瘋狂、夢想、命運；二十多歲拿起一本納博科夫的《蘿莉塔》，或符傲思的《法國中尉的女人》，年輕的你被捲進，遠超過你生命、心智、想像的邊界之外的顫慄。

我們幾乎可以這麼說：二十世紀的這許多偉大小說，它們幾乎就是建築於一團「必然要消失、消滅的繁華、文明，活生生的比音樂盒還精巧千萬倍的，那麼一群人激情的辯論，使用那時所能創造的美麗騙術進行愛情，在艱難迷惘時實踐的友情，乃至於他們在算計、擔憂、推理判案，或是拿某個人性故障的親人無可奈何，對某個摯愛之人死去的巨大創慟……這一切他們活在其中的街景、當時的建築、身邊人的衣裝，乃至酒席飯局的各式菜肴，或是咖啡屋裡的擺設」，是的，任何一部小說都是建築於這樣一團「必將消滅、消逝」的時光沙畫上的巍峨宮殿。可以說每一部小說必然都是「追憶逝水年華」，但小說家的量子腦，比現今能處理兆億級海量數據的超級AI，還要高無數個級數（我幾乎要說出：「神性」這個詞了）。它不是只是真的如波赫士那篇〈博聞強記的富內斯〉，可以不憚精微的，無法概念化的，記下每一片葉子在不同位置，迎映不同角度、強弱日光的狀態。而是，我們前頭所說的，似乎難以言喻的：教養。

想傳遞一個故事，並不是那麼輕佻、像如今滑YouTube那樣無任何重量。一個故事交到你手上，是像一件曜變天目茶碗，一樣珍貴、慎重、脆弱。

先生

年輕時的我，讀《心鏡》的感覺，這個年輕人遇到這位說不出的「神祕」或「智慧」，或一個「過來人」的蕭瑟、孤僻，但這種說不出的，吸引他小心翼翼，但又珍惜與之相遇、聆聽他說一些超過當時的自己能理解的人世體悟，甚或憤世嫉俗，一種說不出的「霧中風景」的，原本不需「我」這代人接收的創傷。以及這位前輩，「先生」，用他一生的靜默反思，圍繞著那個創傷的，如林中祕徑，某種在他們一次一次散步中的對談，傳遞給他。

這種緩慢的、壓抑的，並沒有後來這個世界漫天飛舞的小說、電影、美劇，那些精準，強光爆炸戮開一個「故事切入一組人心最黑暗的」敘事完美魔術方塊，而是一種從單純被牽引進那，不只是故事最後翻轉謎底、底牌，我們已被後來的好萊塢（或最厲害的美劇、韓劇）不斷玩人格分裂的翻轉，或剝洋蔥（一瓣一瓣，從外層剝至內核）給弄得心力交瘁。如今我何其懷念夏目漱石《心鏡》，這種帶著說不出的憂悒、「純真的擔憂」，這個「我」還未褪脫小孩性情的「希望自己被喜歡、尊重」，希望自己不讓這位長者失望的情感，成為這個小說敘事奇妙的引導：是的，其實在唐傳奇裡某幾個傑作，亦有這種「奇妙的曲徑通幽」。

年輕的我們，遇見一個類似「導師」甚或「精神性的父親」，在那個所有人倉倉惶惶，和如今網路大神把各種理解人世需要或不需要的一切感覺、話語、知識、強光眩目，全送到你眼前不同，這個「我」或也並不明白自己被這位有教養的大人，選作聆聽者的理由，但這種「小說家耐著性子，帶著輕微的懸念」，年輕人既被這種遠高於自己之心智者的友情吸引，但又惘惘直覺那麼端莊、靜美的先生和太太，後面有個什麼和世俗紛亂世間隔離了一層玻璃牆，他們夫婦是活在和「我」，以及「我」身邊所有其他人，不同的另一個世界。

這種徐徐緩緩，半介入，半作為觀測者的敘事展開，你看，三十年後對於我，仍是充滿一種魅力與懷念。

一、它與推理小說不同，這個「我」並不是一個偵探，所有他記錄下來的，關於這位先生和他優雅的妻子，更像某種《追憶逝水年華》的，許多蚪蚪靈光、游移閃跳的，對於「我」曾經認識的一位特殊人物的回憶。

二、它與《咆哮山莊》，甚或《愛麗絲夢遊仙境》不同，它有一種避開了「進入怪奇，將有驚異從某一角落跳出」的魔術之光，或劇場將開演前的觀眾席燈暗，或琴管鐃鈸一段響起，一種「暫時脫離現實時空」的默契不同，它甚至像散文，充滿對故事快速往戲劇性前進的阻礙贅物、讓你不期待故事本身的高潮，而是品味這敘述中，「我」與「先生」那種若即若離，聽他品評人世的（許多時顯得陰鬱、多疑）經驗。

三、它與愛情小說不同，雖然也淡淡漫著一種類似人世之哀（譬如我之後會另一講說的張愛玲《半生緣》，最初世鈞與曼楨的「無言的告白」），一種只要是「情」，必然有的懸惦、自我懷疑、每次分手後內心的重播對方的話，是否有自己犯蠢、漏聽哪段弦外之音，或是否自己太熱情逾越一個對方微妙的防線？這不是九〇年代以後的我們小說之眼塞爆的愛慾、不可思議的不倫與「每個人物都是精神偏差者」，它的一切輕微的擔憂，都那麼安靜、小小的波瀾。

正因為這本小說，前半部那透過「我」——也許就是所謂的凡人，既像海德格所說的「此在」，淹沒在凡俗時間裡，每一段不帶占小說整個篇幅二分之一的後半本，是先生留給「我」的一封極長的遺書。這封遺書，像撥開那整個前半本，說不出的謎霧，我們一路透過「我」這位青年的講述，充滿學識的先生，和靜美優雅的太太，為什麼兩人始終在一種和外界紛擾人世，光度偏差了一些的，說不出哪裡不對勁的「玻璃鏡箱」？不論用現代這些丟出讓人驚異「最後真相」的推理小說，或是「本格小說」譬如《咆哮山莊》那種「多年前的瘋狂、痴愛」，夏目漱石在《心鏡》後半，丟出這樣一封先生的長信，在二十多歲時的我讀來，真是靈魂最深處都哆嗦，被只有小說能抵達的人性深淵——是的，感覺自己裡面的那個對人類可以垂繩下降，到多深的地心，多深的深海不見光所在，那麼年輕無知的原始性，被這封信講述的故事，在緩緩下降中感受到，不，三六〇度睜大眼旋轉著觀測給深深震懾——不是恐怖與哀憫，而是一種「想要完成更高貴的精神性」，但失手摔碎了那玻璃器皿，或超乎年輕自己能理解的重力壓碎膝蓋骨，不得不跪下，那種深切悲哀，掩面啜泣。

這封信當然是先生的懺情錄，「這幾十年我一直活在地獄裡」，事實上若非遇見「我」，這個多年前的祕密，會跟著他到地底，無人知曉（包括也應是當事人，但始終天真良善，一直陪伴在身邊的太太）。在我那年代有限的閱讀經驗，或可以比作杜斯妥也夫斯基的《地下室手記》，或多年後讀到D. M. 湯瑪斯的《白色旅店》，所謂佛洛伊德的一位歇斯底里症的女病人，常年寫給他的，某種病患記錄夢中不可告人之怪誕、瘋狂、悖倫的手稿，對年輕的我而言，小說（或任何關於藝術的幽冥之火）中的瘋狂，都有那致命的、妖靡燦爛的吸引力。譬如年輕時看電影《巴黎野玫瑰》，天啊，她瘋了，即使索格那無止境的溫柔都無法把她從那黑洞中拉出，但那多麼美！多麼錐心！

杜斯妥也夫斯基有杜斯妥也夫斯基的瘋狂，莒哈絲有莒哈絲的瘋狂，波拉尼奧有波拉尼奧的瘋狂，但夏目的《心鏡》，對年輕的讀者我而言，他有一種「瘋狂了，裡面全在多年前被核爆了，全碎成碎屑了，但仍然勉力用一種極細微的懸絲，或細細的結構，支撐著那不打擾人的教養」。

先生在長信中，對「我」回憶他的懵懂到理解人世殘酷的門坎，他十五、六歲時父母同時得病雙亡，原本慈愛的叔父，處理家中的財產，但就在他在東京念書的三年中，叔父五鬼搬運把他父母留給他的遺產全據為己有。這使得他之後對他人，始終有一種極深的猜疑。

這之後，他作為大學生，分租寄宿在一對孀婦母女家——其實真的應該去讀小說原著的，這是一間日式老屋，壁龕上有插花和古琴，而年輕時的先生，因為自幼在父親家中，見識過更有派頭人家牆上掛的是古畫，所以頗有一番挑剔——但描述到第一眼見了那年輕的小姐，那不可思議的美（我們在談三島的《金閣寺》，或納博科夫的《蘿莉塔》，有不同切入方式，看小說家怎麼建立出那無可替代的美），這裡的書寫真是精妙！年輕時的先生，父母雙亡，又被親叔父奪去大部分遺產，這時外表像一般大學生，內在卻極複雜、像攝像頭內部喀喀喀變換著對外在人事的判斷，而他是絕對孤獨者，懷疑者，以這樣的內心自苦判讀他人的態度和心意，這使得這個敘述充滿了一種「加上濾鏡」，多一層的不斷變焦。其實後來發現太太和小姐，都是一種本質上非常良善天真、信任別人的人。

「我一邊暗暗發誓不再相信別人，一面又感覺自己對小姐有著絕對的信任，而對信任我的夫人又有點了神經敏感。」

總之，夏目漱石在《心鏡》中，這種像禽鳥飛行中，極細微變幻觀測視焦的靈動，使得這一賃租之屋內的人的相處，充滿了一種無法壓扁成簡單童話，或青春戀愛故事，一種盤桓不去的苦悶、踮腳輕聲說話，或也是那個年代的女子教養……一種「室內較暗的，如夜暗芙渠中游動的金魚，既靜寂，其實時或水波被翻動的，靜寂中被放大的響聲」。而後這賃租小屋，也住進了另一位男子，是先生的好友K君。這位K君是個專注於宗教與哲學的，以先生的描述，是比他自己還純粹，且高貴的畏友。K本身也遇上養父母將其斷絕父子關係的命運，總之，在那個動盪的戰後東京，兩個年輕人引為共同剔勵的知交，而像玄鐵般孤高內向的兩個年輕人，卻又在這小屋，被身為房東的太太照顧，感到一種說不出的「家」的溫暖。

總之，情節快轉，年輕時的先生，發現他不在時，小姐到K房間說笑，而他一進屋，兩人即停止說話。那種禽鳥內在變換極細觀測的機關又啟動了。

某一天，K在年輕的先生，想告訴他自己喜歡小姐，但又不知如何啟齒，這之前，竟先開口告訴年輕的先生，他非常痛苦的陷在對小姐的愛戀。這一大段描寫，夏目真的非常厲害，他極耐性的寫著年輕時的先生，像武功高手面對敵人的觀測破綻，K根本不知先生已將他視為情敵，反而是持續將之當作自己求學堅定之心的諍友，非常困苦於自己的愛戀與自己內在那些大抱負的衝突，娓娓對先生訴說。

許多年前的那個先生，做了一個判定，他果決的利用一次K出外，直接向太太提出，希望將小姐嫁給他為妻。事情竟然意外的簡潔容易。太太就答應了。

這之後（這封長信）當然進入這本小說，真正的「傷害核心」，他們把這決定告訴了返家的K，K只有極短暫的困惑，又恢復了原有的沉默。然後他便寫到了那一段：

……我被從枕邊吹來的冷風凍醒了。睜眼一看，K與我房間之間平時一向緊閉的隔扇門，此時和上次那個夜晚一樣開著，可K的黑影卻沒有同上次一樣立在那裡。我彷彿受了暗示一般，一面支肘起身，一面凝神向K的隔間窺去。燈火苗幽暗地燃著，被褥也鋪著。可被子像被踢開了似的，亂糟糟的堆在腳下。K頭朝那邊臉朝下趴著。

我向他招呼了一聲。可沒有得到任何回答。於是便又問他怎麼了。K的身體還是絲毫未動。我馬上站起來，走到門檻邊，借著昏暗的燈光，環視四周。

以下這一段文字，對二十多歲的我，真的是一生小說的重大啟蒙，像一把鐵劍打擊我的額頭：

那時，我產生的第一個感覺，就和忽然聽到K表白時產生的感覺差不多。我的雙眼在他的隔間掃了一下，瞬間變得如玻璃眼球那樣，喪失了轉動的能力。我呆立在那裡。這感覺宛如疾風從自己的身體掠過之後，我暗想又失策了。一道無可挽回的黑光貫穿了我的未來，瞬間將橫亙在自己面前的整個恐怖人生展開了。我不禁感到瑟瑟發抖。

我這幾年好久沒寫一封，直探靈魂深處的信，給某一朋友了。較年輕時，不同時期，會寫長信，給當時認為創作的，或是心靈的朋友。各自來回，那信的深邃、坦白，主要是在一種極信任對方，是真正一來一往，對生命尚不通透，卻知畏。那樣的信，是真正寂靜之聲，把對方當作真的知音，心中的對自己是怎樣的一個人，自己在生命此刻被怎樣的限制困住，也許有一些感傷。也許是談各自對小說不同的想望。

真懷念那些通信的時光。

後來不同的人世變化，也許各自寫出的稿，都要直接送進某一本書裡，或更後來，每天腦中出現什麼，就寫上臉書了。朋友們各自隨著年紀，在各自領域有一定的地位，或忙於實務了。或許各自對創作的前行，岔開了路，不再寫那樣私密、娓娓訴說的信了。很多時候，我打開電腦，必須在email，客套禮貌的回一些邀約的信，通常是年輕人，我或要推辭，必須誠懇解釋我的身體狀況，種種。好像隨著年紀漸大，寫信慢慢真的變成一個像「沒人寫信給上校」那樣孤寂的，活在世間的結局。老朋友之間通常三言兩語，若在台北的，或乾脆隔一段時間大家約聚。說實話約聚時也不可能調度出靈魂最深的溪流。

某部分會想到年輕時，追妻子的情書，那二十多歲，裸命的、莫名其妙的厚厚一疊，應該數百封吧？但真的用那些朦朧詩加杜氏的狂譫激情，終於追到的妻子，後來進入一起生活，難以再回顧的生活的艱難，其實有一天，竟像影視中的老夫妻繞走公園，講一些對各自父母健康的擔憂、小孩的情緒的擔憂、各自遇到一些人事上無意義的傷害，也就是說，這才是生活中，實的，干擾我們活在其中的各種較短的威脅、惘惘的憂愁。幾十年前情書裡那宇宙星辰、大海翻湧，其實只是一個機遇，只在那段時光只寫給一個人看。

回頭說夏目《心鏡》，小說後半，先生寫給這年輕人的長信，交代了自己埋藏多年，對死去好友的愧疚，也極仔細回顧了自己更年輕時遭遇的社會的卑鄙。這麼深邃、交心、緩緩展開「我」深藏一輩子的祕密，收信的年輕人讀到時，這先生已自死了。也就是說這是一封遺書。但又像瓶中信，它傳給拿到信的人，不是交代死後事，而是描繪一個曾經存在的時光，時代，他必須鋪陳那暈霧街景、房子裡，每個人物，共同捲進那悲劇，但又像完全沒發生過一樣，如此的日常。如年輕人所見，他和小姐，變成一對優雅、避於世、靜如止水活著的較年長者。以遺書的意義來說，他像是在告訴年輕人，其實很多年前，我的活著的意義就因K的自死，被帶進死亡那端了。

但他為何要寫這封信給這個年輕人？那是他的人生，與這還懵懂清澈的青年有何關係？且似乎夏目《心鏡》故事的時間點，正就是社會某一角落，某種純情、義理、比較悲壯的時代的結束。年輕人將進入日本戰後那快速的經濟起飛、大商社、都會裡的人的存在狀態。「我那一代的人，曾經是，曾經哪……」，感慨、噓唏、懷想。想傳遞一個故事，並不是那麼輕佻、像如今滑YouTube那樣無任何重量。一個故事交到你手上，是像一件曜變天目茶碗，一樣珍貴、慎重、脆弱。

我以小說起高樓，我以小說宴賓客，我以小說追憶那一切的人臉上千滋百味的神情，或他們所說的一切，那麼工於心計的話語。然後，我以小說，讓它樓塌了……

倒楣鬼

這是伊夫林．沃的小說《一掬塵土》中的一段：

要東尼認為自己是個探險家，其實並不容易，因為他轉變成這種身分還不到兩個星期。他有兩個大木箱，箱子上寫著他的名字，並標明「旅途中派不上用場的東西」——這兩個大木箱裡裝著他不熟悉的新奇物品，例如醫藥箱、自動獵槍、露營用具、駝鞍、攝影機、炸藥、消毒劑、可收摺的獨木舟、濾水器、罐裝奶油。其中最奇怪的東西，是麥辛傑醫師口中所謂的「交易品」——這些東西讓東尼無法說服自己這趟探險之旅是件嚴肅的事。那些交易品都是麥辛傑醫師準備的，他挑選了音樂盒、玩具老鼠、鏡子、梳子、香水，藥丸、魚鉤、斧頭、彩色信號彈，以及一捲捲人造絲。這些東西全部收放在一個標示為「交易品」的箱子裡……

這個小說，最恐怖的地方正在於此：這個男主人公東尼，在小說的前大半部，是個無辜的「戴綠帽子丈夫」，但他卻在小說幾乎進入後三分之一，尾聲的部分——也就是一切真相揭露，他們的那個珍愛的男孩騎馬不慎摔死後，妻子布蘭達終於攤牌，所有人也終於揭開簾幕，讓他知道自己被他深愛的妻子離棄，而進入各自委託律師的離婚官司攻防——他於是以當時英國上流社會男子，脫離這種棘手官司的一條路，去當冒險家。而如前所述，把到亞馬遜河冒險當成這種外行老爺的胡鬧出遊。小說的情節，讓他們租的船，在森林的「黑暗之心」翻覆，他醒來後，在半昏迷半清醒之際，發現自己被一怪咖老人——白人與當地皮威族女人生的「雜種」——控制、囚禁，而讓他逃不出去的餘生，就是替這茅屋裡有大批舊書的老文盲，每天讀一段狄更斯不同本的小說給他聽。

這個怪咖，父親是英國人，以傳教士身分來到圭亞那，然後娶了皮威族女人的他母親，他則和很多皮威族女人交往，「這片草原上大部分的人都是我的孩子，所以他們都服從我——除此之外，也因為我擁有一把獵槍。」

我當年是看了電影（同名《一掬塵土》），多年後深刻記得的，是這個倒楣的英國男人（上流社會的），被這瘋狂、執著、與文明完全脫離、暴力化「以我這土著之王說了算」，甚至狡猾的趁這英國人（倒楣綠帽丈夫）喝了他給的一種迷幻湯汁，深睡了兩天兩夜中間，騙了來密林找他的搜尋隊員，「他已經死了」。也就是說，徹底把這來自殖民地母國的高級英國人，降格成他的畜產，而奴役他的每日工作，竟是讀「狄更斯的小說」。這被文明遺棄的怪咖，卻如此深深迷戀，但他卻不識字，那遙遠母國最偉大的小說。

多年後我重讀此書，發覺其實這個莫名其妙的「離開自己熟悉那大笨鐘的運行的倫敦，跑去亞馬遜河冒險」，其實真正厲害之處，是在小說前大半部，關於他的妻子，如何讓他戴綠帽子的，那個「半生緣」。

那個「上流社會」充滿著偽君子，等待電話邀約至某個夫人的派對的年輕人，仿造的建築的俱樂部，所有人對某些「一朵鮮花插到牛糞上」，或某某女子「真可憐」這一些八卦，他們體面，但其實貧困，到處欠帳。

而真正躋身進有豪房的上流階者，其實每日過著極無聊的生活，這個女主人布蘭達非常苦悶跟著無趣的丈夫維持那棟「難看的」海頓莊園。

奇怪的是布蘭達竟愛上這個窮鬼貝佛（他其實在那等級評價、勢利的小城社交圈裡，是個失敗者）。

這一切「婚外情」發生的讓不是活在那種社交文化的讀者感到迷惑。主要是這個情夫平庸又乏味，女主角自己評論「他是個二流貨色，諂媚又勢利」。似乎在向我們昭示：愛情的發生不在其必要性，而在於原有的生活沉悶而無冒險性，而那麼無聊的婚外情，真正提供的「事件意義」，在於所有人在那段時間，打電話彼此寒暄時，全在談論這件八卦，「因為在過去五年內，她一直是充滿傳奇色彩的女子，宛如鮮少現身的鬼魅，或者是童話故事裡遭到囚禁的公主。如今她出現在眾人面前，比那些原本舉止拘謹但突然改變行事風格的女士更令人著迷。而且，布蘭達選擇的對象，也讓這樁韻事增添不少想像空間。約翰・貝佛向來是大家熟悉而且瞧不起的傢伙，如今託布蘭達之福，貝佛突然變成了雲端上的耀眼男神……」這個恍若在舞台展演，「一個女人無論如何都要拋家棄子」，從那幢「非常醜」，但究竟是上流階級、家中僕傭十多人的鄉村豪宅，年輕情夫和母親間的密謀、女人和姊姊及不忠實的閨蜜之間的「情人遊戲」討論、戰術布局（甚至猶豫不決討論著取代自己的女主人，去引誘她丈夫，「那個老男孩」），她鑽進倫敦極小極窄的出租公寓（其實只算是單間小隔間），沒有意識到，在她如兵推，逐步脫離那無趣、單調的丈夫和屋宅，她在離婚官司上一旦被卡，竟也同時跌落貧窮階級，最後被那原本就是在這種上流社交與城市流動男女的網絡打混，被分文不名的年輕情人拋棄。

我們或許會在日後持續的小說閱讀，慢慢騰出一個房間：「啊，那是英國小說家！」其實甚至像水村美苗的《本格小說》，或石黑一雄的《長日將盡》，一種英國式的大宅邸裡，僕傭與主人在不同高低活動水域，但各家有各家的祕密、勢利社交圈，一種比較冷峻、僵硬的禮儀。像珍．奧斯汀小說那種布爾喬亞階級尚未再下降成小布爾喬亞之前的，家中用度的捉襟見肘，或適婚女子的焦慮，以及一種簡直像電子雲環繞著這一切人外圈的攀比、八卦、語言的虛實錯落。不同時期的，某些男主人公會因為大英帝國的「長臂管轄」，或有像葛林的小說，或《印度之旅》這種小說、一種多出來的旅行經驗。乃至於像《一掬塵土》這樣的小說，某部分，它像是對福樓拜《包法利夫人》、乃憶《追憶逝水年華》裡那種上流社會的「在某某家那裡」，耗盡精力於一切社交、無聊的談話、某家人客廳的擺設，或男女各自參加派對時不同的擺派頭或擅於察言觀色。某部分你可以說，這不是張愛玲小說，除了自己文化的《紅樓夢》、《金瓶梅》、《海上花》之外，另一種較現代性的「浮世繪」前身嗎？是的，這種「英國人的小說」對社交圈裡的人與人之間，越過一整客廳監視的眼（嫉妒、貶低、找下一輪八卦的談資），然後可能是拐彎抹角的調情、可能是一場生意附帶的交涉、可能是只有在那個時代，或說在英國那樣的老牌帝國，才可能搭建而起，整座社交圈的「仕女圖」，而非窯子或高級妓院，但確實像「針尖上蓋一座上百塔樓，塔尖的繁複建築」，那麼繁複的人心、人腦的運作，其實是某種「冰箱裡冰著的大象，不，幽靈」，某種關於性的磋商。

但回頭看我在這一篇前頭提的，那個怪咖老人，把這整個前半部，其實除了無趣，完全是個無辜好人的綠帽丈夫、倒楣男人——他失去兒子、妻子，最後竟像超現實噩夢，在世界遺忘的荒蠻之地，受到這麼恐怖的「永恆折磨」，為他那貧弱的心智，閱讀他所出生的這個英國，最精密的心靈藝術，狄更斯的小說——這種荒誕、怪異、恐怖，或許更深沉的反思，這是一位二十世紀初的英國作家，以白人視距（而非後來我們在魯西迪《魔鬼詩篇》中，讀到那殖民地後裔，從高空跌落國境關防，被當怪物用警棍痛毆，拉出滿地屎尿；或如奈波爾《抵達之謎》，或波拉尼奧的小說，都呈現被殖民者們永遠修復不了的變形、永劫回歸的痛苦），極冷峻、近乎「卡夫卡冷幽默」的無法說情之殘酷，對於英國社會核心價值的強力捏癟、捏爆。這種小說家以其對「繁華夢」的精雕細琢、細細縫繡那個文明一切鐘錶機械運行的，「我以小說起高樓，我以小說宴賓客，我以小說追憶那一切的人臉上千滋百味的神情，或他們所說的一切，那麼工於心計的話語」，然後，「我以小說，讓它樓塌了」。這種捏爆的扭力，真的讓我們好好上了一課，「現代小說對它所盛裝的這整個文明，痛擊的力勁」。

在我承接二十世紀小說啟蒙的那個九〇年代，有相當大比重的閱讀時光，其實正在於那些大小說家們，有意識的，將「小說的語言」，或是朝極光滑的冰面，不可能的逼近；或就是有意識的，在「再現粗糙」時，展演他所特有的摩擦、彈跳、騰空翻。譬如王文興的《家變》、舞鶴的《悲傷》，乃至當時讀到莫言、韓少功、朱天文、張貴興，乃至後來童偉格的小說……

摩擦

我的孩子回家憂愁的說，一位他認為「非常強」的學長，邀他加入一個已進行兩年的「維根斯坦讀書會」。對他而言，這學長明年就會畢業，他很想把握這個機會跟著學習（維根斯坦對他們來說，是一超級難關），但原本他已排滿的課程，參加這個讀書會「超級燒腦」。這當然已超過我這種哲學門外漢所能理解的，無法只因「噢，維根斯坦我聽過」而能胡亂在家中客廳發表意見。但之後難免好奇，偷偷上網用維基百科查了「維根斯坦」的詞條。這行為其實這幾年，我和兒子之間像父子權威顛倒，兒子非常認真痛斥我這種用維基百科，或YouTube上某個哲學迷開的三十分鐘影片，以這樣「不讀任一本原書便想偷窺理解一個哲學家的理論」之行為，但我老了，即使時光重來，再讓我回到二十多歲時，我都難以想像，自己能摒去雜念，專心閱讀這些深奧拗口的哲學深水區啊。確實讀著維基上寫著維根斯坦的一生，他真的很像我年輕時會當作神人崇拜的上世紀初，歐洲正中央，那些大哲學家、大小說家、大畫家……個性孤僻，甚至暴力、偏執、極專注於其哲學內在邏輯的建構與拆解，與所有周遭人格格不入，但父親是當時歐洲屬一屬二的富人、猶太人（所以後來納粹以沒入他們家族在德意志銀行的驚人資產，交換他們「非純猶太人」）。一種大腦持續在高燒，像一台發熱的大型電腦主機不停止的進行大運算。

而我在維基上看到這段話，非常有感觸，這裡把它抄下：

對維根斯坦而言，當語言從其固有領域轉入形上學的環境，哲學問題就不可避免的產生了，因為在這種環境中，原本熟悉且必要的標誌、語境的線索都被移除，他將這形上學環境比喻為光滑冰面：一種完美符合哲學與邏輯上精準的語言，不再有日常語境下的泥濘感，似乎所有哲學問題都可解決；但是，正因為缺乏摩擦力，語言事實上完全無法在此環境中運作，「我們無法前行」。維根斯坦認為，哲學家們必須離開這光滑冰面，回到日常語言的「粗糙地面」。《哲學研究》大部分內容都由避免這種最初錯誤的案例組成，從而哲學問題應當消失，而不是被解決：「我們所追求的清晰當然是一種完全的清晰。而這只是說：哲學問題應當完全消失。」

這樣的一段話多麼美！但願我能在這本書，能有這靈光一現的「對小說的某種描述」：把上段話的「哲學」，全換成「小說」，似乎也會讓即使已經寫了大半輩子，也好幾本長篇的我，出現一種說不出的，既像完全同感，又像自己就是被這話否的那一端。

小說家自然更世故、狡猾，更「混濁漂流於人類，而非哲學家對詞、提問的嚴峻，他更早的將一種夢境樣態的『命運』，敷衍、兜轉、展示那個『摩擦力』。」

當然在我承接二十世紀小說啟蒙的那個九〇年代，有相當大比重的閱讀時光，其實正在於那些大小說家們，有意識的，將「小說的語言」，或是朝極光滑的冰面，不可能的逼近；或就是有意識的，在「再現粗糙」時，展演他所特有的摩擦、彈跳、騰空翻。且因為我們所在的時空（二十世紀末的東亞小島），當作神壇上經典的西方大小說，都是「移來」的，於是在之後一百年的模仿實踐中，又有如深淵溪流般的各式「所謂日常話語」的，各種雜語活生生蹦跳，像一桶活魚死蝦貝類海星腥臭或鮮豔的打撈，置放於港邊的「活與死的雜置」。說來幸運，譬如王文興的《家變》、舞鶴的《悲傷》，乃至當時讀到莫言、韓少功的小說、朱天文的小說、李永平的小說、張貴興的小說，乃至後來童偉格的小說……不同的，需知這在啟動小說家「以手中之矛射向曠野奔跑鹿群」，那種一瞬神祕的「語言選擇」：我想到一個不很恰當但此刻就是想到的例子，張愛玲在《小團圓》中寫到，那個恐懼於大人要她做出選擇的，痛苦不已的少女時光。她那個性格乖異陰沉的廢遺老父親，一手拿一銀元，一手拿一金子，要年幼的她選，她內心其實盤桓糾結的是，猜不中父親隱藏的答案，猜哪個是對的，於是賭了拿銀元，那父親輕蔑冷笑：「不識貨的東西」。

這種選擇「包抄之林中小徑」，千迴百轉、兵刀殺伐之聲在耳後，其實像微血管布於，這個年輕小說家，要啟動、開始「說一個故事」，不，小說語言的冰面上滑刀三轉跳，或是，如維根斯坦，根本否掉「哲學」，而根本在「我正要用書寫展示那個摩擦啊」之初，便意識到張口之際有「千舌竄動」，但又無法在一瞬全部炸現。那個「要說話的舌頭，被各種不同歷史感覺如霰彈鑲嵌、各種顏色玻璃裂片、竹刺、小石、……」怎樣意義層面上的「最透明」，或避開那不可行的「冰面」，但如果沉溺於「磨擦」的小說語言本身，是否終身之寫，就要遠離那種嘈嘈咻咻、用平庸語言，但最後能繪出人類存在之大全景的「舊小說」的幸福？

童偉格在《西北雨》新版序，寫了這樣一段話：

十二年後，《西北雨》能以新版面世，我深感幸運，也為它高興。就像確實，看見一部原是為了忘卻而寫的書，脫離作者為它設下的目的論，自領了時間。另一方面：我也更覺陌異，好像與它再更遠隔了。

如今我明瞭：說不定，所謂藉用寫作來遺忘，本來，就是個挺虛妄的想法……

這段話給我頗大的「恍然大悟」！原來這位小說家，他在進行每一段文字的沙沙書寫時，或就是讓人在閱讀時，瞬間腦中被這些描述的某種「內部實驗迴圈」，讓人讀了之後，說不出的，無法將腦中剛得到的某些「似乎曾經發生過的不義、創傷、痛苦」之領會，卻又像剛噴吐出口唇的煙，無法以「通俗小說的收縮故事，或戲劇化愛恨情仇的強力」，對這些文字中飄飄裊裊的，死去的親人們，有向他人講述「我剛剛讀了一本非常厲害的小說」。但到底是怎樣轉述的困難，我一開始會想到卡夫卡，但其實這是非常童偉格的，不斷的褪去色暈，乃至線條、運動的較大撞擊，甚至將音量旋至極靜音，持續的愈淡、愈透明，好像那小說家的手一直在剝蛋殼，但其實那些小說及其中人物，早就被剝去數十次虛空中的薄殼。

但其實他所描述的，都是一些在活著的時光，良善不打擾人；死去後，又溫和迷惘像氣球企鵝挨擠著、滑稽而溫柔，但也找不到方式消失、退場的「真正的受創者」。這真的是一種極珍罕的品質，沒見過那麼固執凝視死者，但又在書寫的意識，讓一切淡若波痕。

我這裡引一段童偉格小說《西北雨》中最開頭的文字：

「……偌久以前，我的一個遠祖——就說是我曾曾祖母吧——死了，她的魂魄飄蕩到城市的光罩下，四望，卻找不到一處裂縫，找不到一個連接冥界的入口。

她無法，只好返回我的家族裡來。

我的家族是如此地愛整潔，因此當我曾曾祖母飄蕩回來時，她會發現她的屍體早已被我們燒除了。她最後所居住的房間，以及她生前在房裡積存的一切，已經被我們謀分殆盡了，她找不到自己的軀殼，甚至找不到一套舊衣服，包裹她的魂魄，讓她偽裝成一個活人，行在我們之中。

我們召開家庭會議，左挪右移，好不容易騰出一彎廢棄的掛勾，讓我曾曾祖母的魂魄，得以像一幅壁畫，鎮日高掛在牆上。

日光曝傷她，夜露敷療她。一隻圖謀不軌的壁虎時時跑來搔聞她。一面不停奔走的大鐘刻刻以聲音卡榫她。我曾曾祖母的魂魄已經不會流淚了，在她那無事可為，無路可去的漫長死期裡，她只是公然對著我們，不停發放一種半似悲嗚，半似淫叫的電波。」

「我們是如此一個自信、儉省而整潔的家族，我們決議無聲地、集體消化這個自我的家族逸出的亡靈。我們決定，從今以後，我們這些尚存活著的後輩，每人必須輪流讓出一點時間，讓出身體，借給我的曾曾祖母用，讓她得以將自己化整為零，輾轉流離，與我的家族共長存。」

這是一個難度無敵高的小說設定，多年前讀《西北雨》，我始終抓不準這個「小說家最初的設定」，而只能閱讀完全書後，掩卷嘆息，感受那整本小說，那個「我」如此沉靜，如此悲不能抑、眷愛不忍，但似乎像高空鞦韆人，兩個、三個，從這邊的高空翻滾到這邊，這邊接住，又順著那高空大懸吊桿的擺盪，這又掛著一串人盪過去……這些祖父、祖母、父親、母親，都是「渺小的無言的嘴」，受人世屈辱剝奪，但又如此溫和訥言，然後這個「我」，在一片死者的靈魂們無害的在這詩意曠野，是的，他們就像書名：《西北雨》，那麼的「台灣」，夏日午夜、轟轟啦啪，一陣西北雨狂襲，每個雨點都充滿擊落的力勁，甚至這些雨擊在鉛皮屋頂、農田的苗禾、停在路邊的舊機車、放在機車後座上的竹葉斗笠，或某些廢棄水塔、農舍外橫倒的塑膠雨靴上，會出現一支打擊樂團歡樂演奏的叮噹交響。但半小時後，這西北雨突然就收煞而去。剛午睡醒的小學生，看窗外操場，地面已經被曬乾。

「究竟之前有下過那一陣雨嗎？」

過了這麼多年重讀，我才發現，在整本小說的最起始，他已經設定了這本小說極難、極難的「祖先遊戲」：那些死去的鬼魅，如膜滑溜、透明流動，但更易被這世界的機械、結構、光照所傷害，於是，「我」或年輕一輩，祕密的，變成了一台「祖先公車」，讓這些無言死去，搭乘，或寄宿於「我」的身體，而且上車下車、角色繁多，但因為他們都是那麼安靜、怕打擾人的性子，所以這個「我」，作為回頭講述，「所有我們這一族的祖父、祖母、父親、母親的故事，最後會像一場西北雨，驟急而至下，但瞬刻便似乎從不曾發生」，總在這種翳影、殘念、來不及收拾「現在換哪位祖先的鬼魂上場」的情感變幻，自己就是那個孤獨劇場，類似管理員身分，說出：「我很抱歉。」

這裡其實有一個類似美國NASA，或歐洲大強子對撞機的，超越了正常流通所需，非常消耗能源，但進入到一種人類在已達到的文明、科技、想像力、物種限制，之上的，往不可知之境冒險的，違反重力、違反能量，事實上此類比放到小說家身上，通常也大概率出現在歐、美、日這種強大國力，相關文學體系足以支援，但我們非常幸運，小小台灣，會出現一個童偉格這樣的「小說祕境研發者」，也就是說，在第三世界，甚至於在整個華文文學，其實是沒有足夠的文學理論——大學研究所——所謂皇家院士——與百年來世界各國偉大小說之間的脈絡、對話——以想像這樣一個小說家，在他的小說語言的「反重力實驗」。它成為一絕對的孤島，現有的文學理論生產與實踐的機構（研討會論文——純文學出版——也許僵屍化的某些大型文學獎無從引起社會的好奇——學院裡的門閥、權力）皆對其束手無策，人們不知道從王文興的《家變》，到七等生、舞鶴，然後躍遷到童偉格的小說，需要怎樣的小說半導體工廠全部重建？不知道為何要在「描述之前的小說無法探勘的某種『台灣人無聲之撫傷與王考』」的敘事行動中，對「語言」做出這種奇異的離析、剝解，或微調至二奈米的，類似維根斯坦對哲學語境的嚴酷？

有時極幸運的時刻，你會讀到某些，似乎脫離了這些人類夾纏生滅的愛欲情仇、悲劇的強酸蝕融銅片的玻璃皿，硬生生「縱雲梯」蹬高出一個脫離那一切暗紅火焰悶燒、嗶嗶剝剝的人類在小說字句中塌毀、失去形貌、跳到一個不可思議的奇想高空。

瘋狂的想像力

我年輕時候讀小說，常分不清那個淹浸在那些像深海海床怪異魚類、礁岩、海蛇；或是像列車穿過沒有盡頭的隧道，那些小說家的文字，和真實的那個正大腦運算、嚼食著那些奇特的「情境膠囊」，一顆顆連續咬破、強烈刺激的「這就是人類」，成千上百，哆嗦嗚咽、偏執記恨、對抗命運、引誘、說謊、狂情蕩欲、強忍著瘋狂前最脆弱的矜持，或變成獸，變成死後如磷火飄浮的聲音、設計獵殺一個力量、智力皆遠強於自己的狠人、某種滑稽表演但卻是在壓擠一架整個民族滅絕史的手風琴，或是像吹玻璃工人的肺部動態顯影，你知道在另一端那鉛管口的高溫玻璃溶液正被吹漲成一只玻璃海膽，但看見的卻只是這個千瘡百孔的肺葉如何怪異的漲大，然後急遽縮癟……種種種種，它們有沒有變成那個「日後的我」，內裡的一部分？

但有時極幸運的時刻，你會讀到某些，似乎脫離了這些人類夾纏生滅的愛欲情仇、悲劇的強酸蝕融銅片的玻璃皿，硬生生「縱雲梯」蹬高出一個脫離那一切暗紅火焰悶燒、嗶嗶剝剝的人類在小說字句中塌毀、失去形貌，跳到一個不可思議的奇想高空。唉，那真是比現實中中彩券特獎還爽的幸福。

譬如說，當年讀到布魯諾．舒茲一個短篇，寫到一個離家多年的父親，回家時變成一隻螃蟹，以兒子的視角，一家人對這隻（他們都知道那就是不知遇到什麼悲慘遭遇的，他們的爸爸）螃蟹，保持一種視而不見，任其在自家中自由爬行，有時男孩差點踩到螃蟹，人蟹互相驚跳，然後螃蟹爸爸窸窸窣窣快竄進家中不知哪櫥櫃的底下，直到有一天，媽媽崩潰了，竟把那隻螃蟹煮了湯，然後一家人圍著餐桌，像那爸爸沒有回來過一樣，不悲不喜的，大家安靜吃著螃蟹湯。

又譬如說英國小說家伊恩．麥克尤恩（就是鼎鼎大名電影《贖罪》的原著小說家），他有一個短篇，沒頭沒尾的，一個沉迷於一種數學公式的數學家，跟讀者說著他這個公式，還差一些關鍵點沒突破；另一邊是記述他的妻子，有嚴重的憂鬱症，我不太記得這小說中寫的憂鬱症妻子，是會叨叨絮絮說著一些負能量的話，還是有一種造成他們共處的小公寓裡，怎樣的持續性破壞，總之在小說結尾，這位說故事的數學家，突然就把他的妻子（或說那個空間），依照他信誓旦旦合於那個數學公式的合理性，一摺、再摺、三摺、四摺……總之他把那個妻子，這樣對摺再對摺，重覆多次，最後她就消失了！

我記得還讀過一個法國小說家的小說〈穿牆人〉，但我不太記得了，書也找不到了，大約就是我們少年的夢想，有一個傢伙，突然有天具備「既是透明人，但又像液態可以任意穿牆」的特異功能。這當然是大爽特爽，他裸著身，城市裡沒有他不能任意穿透的牆。於是，銀行的金庫，熟睡美人兒的香閨，最高級的餐廳或酒吧，愛去哪就去哪。但小說最末，他正在穿越某一面磚造厚牆時，他的超能力消失了，我記得那描述他的身體，和牆，一種慢慢移動不了的凝固感。

其實，不論是波赫士（他至少有三十個短篇，都是比以上舉的例子，更奇觀的把內外、動靜、虛實，做出難度更大的翻轉）、卡爾維諾《分成兩半的子爵》、《宇宙連環圖》、艾可《玫瑰的名字》、《傅科擺》、卡夫卡的一些短篇，都有這種，把小說打出大氣層，在衛星軌域來自由奔放「小說」原本該是的，遠超出人類想像力限制之外的，「強大的吹牛」。

我年輕時（其實已沒麼年輕了，已三十多了），初讀黃錦樹的《刻背》，寫一個瘋狂的「華文現代主義小說家」，想要打敗喬哀思，於是找了一千個碼頭工人，以他們的背為「流動的載體」，付費在每個人的背上，刺青一段莫名其妙的晦澀華文，小說之初，人們不同時在碼頭遇見不同年紀的勞工，背上刺青的都是這瘋狂小說家這篇創作的某部分段落，「他們都帶著一種屈辱、迷惘的表情」，而這瘋狂小說家且宣示，隨著這各自片段的「載體」衰老，刺青暈染會鬆弛變化，甚至某些人死去，這小說某些段落就空去。

我覺得這真是一個非常了不起的狂想，乃至發明！年輕時並不知水那麼深的馬華歷史，乃至馬華文學的糾纏，但純以他這樣狂想，開了「現代主義」的一個移植到華語文學乃至南方的玩笑，當時我讀了，嘆服不已，心中一直說：「他媽的！他媽的！」

我想起納博科夫的《幽冥的火》，一個不存在的國家滅亡後，那流亡的國王的一段敘事。因為我這本書並非評論集，只是浮想聯翩，和我想像中「可能對小說感興趣的年輕人」，分享我在小說中曾遇見的驚奇、豔異，所以反而跳過黃錦樹那後來又以多部短篇小說集、散文，或他的馬華文學論述，層層覆遮的「雨林」、「南洋人民共和國記事」、「燒芭」，那近乎馬奎斯的馬康多、奈波爾的《抵達之謎》，時間、空間、歷史、偽造的父親若成為作家所寫出的小說，偽造的如在現場那些馬共的男男女女，個人的徒然、頹然，但雨林中生殖與死亡同樣鮮豔、蹦跳的身體。他幻造一切：一本不存在的「最高等級」馬華小說選（全是他自己虛構的不存在的小說家的作品）、一座不存在的馬華文學紀念館，一個在當年並未遇害、繼續匿名藏在南洋，寫出許多怪作品，且生了許多小孩的郁達夫、一個並沒有成功建國的「南洋共和國」……這交織繁錯的「黃錦樹國度」，可能未來的人用許多論文，都難以解析出那嶙峋、如珊瑚礁生態區的複雜遺物。但我不太在人們的討論中，讀到我在這個小說家不同時期的作品，非常獨特的，「超巨大尺度的狂想」。

這種「令人駭異的巨大狂想」（包括不可能在現實中實現的瘋狂計畫，歷史已不可能重新再造，但依某一「從前」的西方殖民主，如果在二戰後只是一念之間，則這小小框格裡的，包括非洲、阿拉伯世界、東歐，乃至東南亞，現所承認的國界、種族時間、某一群人的集體命運，都可能完全重寫），一方面以仿擬的方式，將型塑我們如今文學觀或現代意識的源頭——最極限的，喬伊斯的《尤利西斯》——事實上這樣的永遠漂流、流浪的故事，不正更應該發生在像黃錦樹這樣一個出生在馬來西亞某個小村裡的，華人小說家身上嗎？我們若以卡夫卡的《蛻變》為某種典範，則包括德國小說家葛拉斯的《錫鼓》敘述整個他的家族（去國家框架）不同人在一戰中的悲慘、怪異，突梯命運的主人公奧斯卡，他是個侏儒；反而在魯西迪的《摩爾人的最後嘆息》之中，同樣是家族中光怪陸離、瘋狂暴漲的家族角色「無法如正常人去愛、去生活」，這個敘事者，卻相反的，是個早衰症的孩子。一個是時光被停滯延擱，累積極大歷史遭遇，卻只能以侏儒之形說故事；一個是時光如「太古和他的時間」、散漫游蕩，收攝者卻是加速時針的怪異快轉噩夢者。或如匈牙利女作家雅歌塔．克里斯多夫的《惡童三部曲》——特殊的民族構成，被擠壓、扯碎，德、俄兩大強權分別施暴這一對無父無母的雙生子——最後他們踩著國境邊界被他們騙了而踩地雷炸死的父親屍體，終於將雙生子「我們」的敘事分拆為二，一個留在原生小鎮，一個越出邊境，逃出去變成另一種人。

這些衝突，不可能馴化的內在暴力，在像《刻背》這樣怪誕、若以單一個體承受之，必然如卡夫卡筆下：「某天早晨醒來，K發現自己變成一隻蟲。」年輕時的我們，缺乏這世界，從歐洲殖民帝國——二戰後的強權妥協與撤離時留下的種族衝突炸藥——冷戰框架下，我們有限的在某一種小說閱讀的歷史索隱，我們絕對缺乏一個包覆著，某些怪異、瞠目結舌的小說奇想之上的，各自簇聚、挨擠、奇怪鬼臉的民族創傷誌（很重要的是，這些筆下的所謂「民族」，很可能是已經被取消的「原本可能的存在」）。設想，年輕時的我，只是個在永和這小鎮長大的外省小孩，然後像一玻璃瓶實驗培養的單細胞變形蟲，交換著另一玻璃瓶、又另一玻璃瓶，不同的培養液。我或是要到二十歲，才在大學認識另一種身世感覺的，高雄長大的P君、嘉義長大的F君，或許要到更大一點，某一次在一聚會，聽見一位大陸老作家，講述他在文革時正在念中學，幾個男學生就用鐵棍，把一位教化學的漂亮女老師活活打死，當時他說的話深深鑽進我腦海：「暴力有時是帶著這些青少年自己也不知的性慾啊。」或三十出頭時，我第一次讀到同齡人董啟章寫的香港，第一次讀到黃錦樹寫的《刻背》，那許多種「感覺的翩翩翻轉」，可能遠比我當時能從周遭的訊息網所提供的「情境想像力」，要複雜太多了。但正是那小說的怪異、難以只用我的慣性歷史感覺去解讀，它於是扯裂、撐開我「在此之外」的，屬於歷史（通常是暴力與災難的）結構、產出理解他人痛苦的設計。

黃錦樹在《南洋人民共和國備忘錄》之序，有一段話：

> 共產黨活動深刻的影響了所有東南亞國家華人的命運。華人資本家一向被視為殖民帝國的同謀，是壓迫階級；而以勞工和墾殖民為主的底層華人，則被視

為共產黨同路人。這讓華人極易成為戰後民族主義政治的代罪羔羊。一九四八年畢里斯計畫下施行的新村政策，就是為了阻絕鄉下華人對馬共的後勤支援，讓他們陷於糧食匱乏。這計畫成功的讓馬共潰散至不足威脅。

但那鐵籬笆圍起來的新村，那對華人的集中管理，卻延續了數十年，即便在馬來（西）亞建國後，即使六〇年代後紛紛拆除了鐵籬笆。種族生活空間的隔離已成事實，那天生有種族主義傾向的政府，顯然充分利用馬共存在的事實，長期的合理化它想做，也一直在做的缺德事。但馬共呢？馬來亞建國後它其實就失去為「大義」武裝戰鬥的理由了，他們被英國人和東姑擺了一道，被置入歷史的無意義的時間剩餘……

再說一次，這裡頭的幾個名詞，翻轉、延續、被殲滅，至少這一百年，也許同樣出現在波拉尼奧小說中，但或許另一個名詞在地圖上另一個空間，是完全不同的「暴力全控機器」，而年輕時的我，讀到同齡的小說家黃錦樹的《刻背》，那前面所說，「超巨的狂想」，絕對完全缺乏對那個時間段，「無能言說自己遭遇」的黃錦樹父親一輩的「歷史風洞實驗室」：那是怎樣的一種，被拋棄到（如果沒有《刻背》，及後來的《猶見扶餘》、《南洋人民共和國備忘錄》、《魚》、《雨》這批小說）描述之外的、故事之外的孤獨迴旋？

這個話題其實超出我原先起心動念——給年輕小說家的一個提議——要複雜繁重太多。我要忍著不去談大約是同樣年輕時，在閱讀中衝擊著我的，李永平的《吉陵春秋》，或張貴興的《群象》。而僅僅抽開談，人們後來習慣歸檔「馬華文學」、「中文現代主義」、「馬共」討論之的黃錦樹小說，其實當時震撼我的，「想像力的奇觀」。

這種「超乎其小說篇幅，一種類似巨鯨從海面躍出，翻一個滾再墮回海中」的想像力搖晃，其實在之後的《猶見扶餘》，以及〈父親的笑〉，都再有這即使我做好準備，仍會被詫異、掀翻、暈眩、說不出的對我們活在這其中的世界，其實是那麼暴力、很久之前，或很遠的地方、某些瘋狂設計、粗暴扭纏，所形成的，這種介乎詫笑、驚異、困惑的為那怪誕命運中人的哀嚎而羞愧（自己其實也只是那怪誕噩夢中人的後代或祖先），這或只有在這種等級的小說狂想，才能獲得。

柯慈的《屈辱》，像是示範給我們這些小說學徒們，這正是小說該進場的人性難題，這正是必須透過小說的穿廊，讓人們擠身穿過的，也許是古典時鐘和現代時鐘的換日邊界。

美麗失敗者

讀柯慈的《屈辱》，有以下幾點感想：

一、上一代的「浪漫主義」的那一團「蠟燭將熄滅而照見的靈性之光」，完全在一種現代大學教室課堂，完全被年輕人漠視、無感。於是，靈魂（或美）的擴大、迷幻、神性、被乾燥、隔離、計分系統，分裂成上一代的「你們」，和「年輕」一代的「我們」。

二、那種川端康成《睡美人》，或符傲思《魔法師》形成的「全教養老人擁有在這祕境遠高於一切的美之感覺」的無上力量，在現實中撞牆了。但它不是卡夫卡那種童蒙滑稽的，異質的將「絕對孤單」的個人，無有任何描述自我可能，面對一個還帶著猶太教神祕幽光的「法庭」、「現代初期的行政官僚機器」，這個落單的土地測量員K，無論拜盡能想像、援引的一切人世的道理、律法，甚至孩童氣狡猾的猜想對方的弱點，虛張聲勢恫嚇之，都無法穿透那黏液之牆，而這個「土地測量員K」和「城堡永遠找不到和其聯絡之管道的，諱莫若深的官員」之前的前進後退舞步，就成為卡夫卡讓所有現代心靈嘆息投射的「小說本身」。但柯慈的《屈辱》不同，他是真實的「罪與罰」，在現代大學系統中，真正觸犯了（後來的me too運動）大學教授與女學生之間，在性平等權上的失格、不對等權力位置的性。

三、但如果這個「浪漫主義詩」教授的回憶和敘述為真，其實那整個過程難以確定，半推半就。或女孩以性、默契的交換上課鬼混，考試不出席而可以高分過關的「老師的情人」被否，而和男友啟動的，在校園性平權機制中的控訴報復。

四、這裡，我們會否想到威廉高汀的《蒼蠅王》、一種對「不完整的成人」，也就是孩童，在全自治的小島上，自主形成文明社會剝除了「道德」、「說情」、「對人性弱點的詩意同情」，完全簡潔成軍隊、階級的純粹部落式集權，一種「青少年法西斯」，讓二十世紀中葉的人們心有餘悸，迷惑，譬如納粹，譬如共產黨，如何形成一種群眾接受極單一詞語的整齊控制。

《屈辱》的前半部，這位內在信仰渥茲華斯浪漫詩的內在「尚美」、「影翳禮讚」、「對女體仍變幻著不過半世紀前所有耽戀、靈思的光影」的初老教授，在踩進這「醜聞」、「宣判人間失格」（現在的說法是「社死」），他內心的，「並不是你們所描述的那樣」，憤怒，甚至賭氣、自暴自棄。

這當然是一個永恆的悲傷，所有老人都有年輕時光，所有現在的年輕人有一天也都會老去。但那文明若地毯一般繁複交織的，由上一代（可能經歷過大戰、文明的劫毀、性解放、人與人在流離失所中更倚靠詩歌）個人持續衰老的身體、容貌、心智，不知如何就現所置身的社會機制，將那些百感交集、關於愛或美的盤桓經驗，傳遞給年輕人。大學的科系體制是一種建制，但在有的社會，它是「狼師」性侵心智不成熟，不知保護自己的小男孩、小女孩的暗室。但有時（至少在這個小說裡）或許並不如我們將事情的真相，只壓注在所謂的「獵巫」。

這部分，小說很艱難的扮演著一種「穿越的膠態界面」。因為《屈辱》的教授主人公，跌在這個（很像我家老公寓，馬桶後有一個電動攪爛屎機器，再從較窄孔徑的排水管往下排）可調度、控訴、引起同情之背景皆極鑿確充滿人之處境的兩造，互相擰扭。這時我會想起多年前看的一部電影《謎樣的雙眼》，是一部西班牙片吧，一個溫和良善的丈夫，美麗的妻子在家被歹徒殘忍的姦殺，裸屍且被變態的做了個裝置藝術。但警方後來逮到兇手，卻無法判那狡猾惡人的罪。這老警官帶著歉意，送那傷心、人生被毀的丈夫上火車，很多年後，他退休了，造訪那丈夫自那悲劇之後，便辭去工作，退隱在一鄉間農舍，總之兩人一番感嘆唏噓，但老警探再離去後又返回，發現這位鰥夫，把當年那變態殺手，不知以自己的什麼方式捕捉，囚禁在地下室，他懲罰這殺妻兇手的方法，不是殺了他，而是幾十年不和他講話，一直關著他，那兇手已經精神崩潰。

我想到這部電影，其實更多的，譬如卜洛克的系列私家偵探小說，我們在這樣的激切的故事迴圈，即使以暴制暴，還是找到一種「對於惡人的懲罰」之快意，那和「找到事情的真相」共伴的，正義（至少的判決）之彰顯，同時湧起。

然而柯慈的《屈辱》，像是示範給我們這些小說學徒們，這正是小說該進場的人性難題，這正是必須透過小說的穿廊，讓人們擠身穿過的，也許是古典時鐘和現代時鐘的換日邊界。歐洲文學藝術最美的浪漫主義光暈，它被擠進，如果誠實面對，譬如小說後半本，他的女兒（一個動物保護私人組織的女同），被那一帶一伙原住民混混輪暴了，而且懷孕了。他女兒對他想以一老父，給予的哭泣、心疼的擁抱，全憤怒、剛強的拒阻，似乎一種隱喻：上一輩，或父輩的上上輩，白人（或歐洲）帶給這國度、土地的剝奪和無從算起的歷史債務，這父親以一種「歐洲文明的遺民」之姿，痛苦的受害者真實感覺進入這暴力劇場，反而是女兒有自己很瞭她（或她作為這父親所代表的族裔後代）在這暴力反襲之地，自己心靈要承受的。父親早年將她遺棄，她於是更知道自己活在其中的荒蠻與敵意。

柯慈的《屈辱》有極強的「小說主人公內心世界，如何受到外部理性秩序，極有耐性收緊，在恐懼中逐漸崩潰」的感染力，即使讀者如我們，其實懵懂於南非種族政治遞換過程中，更幽微、嚴肅的倫理困境，也能有所感他描寫那主人公、一種極模糊巨大的命運：「事情並非那樣的。」這其實有另一個極強的參照：卡夫卡的《審判》，但通常我們會將卡夫卡，那極神祕、介於孩童劇場與最冷酷二十世紀初中歐城市實場景，說不出的夢幻油畫顏料厚度（我們或可稱為「卡夫卡的顏料層」），和另二部經典《城堡》、《蛻變》，並置一起研讀、思索。但對於「包圍著你的那個『社會』，機構或法則或他人眼中的你，遠超出任何意志頑強的個人，如何對抗，終是徒勞，那種極耐煩的記錄，那個取代了上帝的現代政府或其後面的集體單一化意識形態，如何看似傻呆，其實如上發條撥弦，各部位關節逐一收緊」，這真的是《審判》讓年輕時的我閱讀，體會到一種「原來那種微弱、樂觀或期待可以有申訴機會的幻滅，就是這小說行文，那麼疲憊，一直在情節的等待失望，真正的內容。」這種「卡夫卡意識」，華文小說一直到哈金的《等待》，才真正在哲學上實現了「理解卡夫卡」。什麼意思？冤假錯殺、恩仇痛快、令人詫異的某人在某種錯悖的情境下，做出讓希臘歌隊都掩面、恐怖的「反人類」惡行，通常是原本的小說之「筋、纖維、力臂」能承受其劇烈拉扯、扭旋的界面。譬如我們讀到唐傳奇、或如前所說，類似《CSI》這種頗高級人性演劇的兇殺追案，甚至，甚至，杜斯妥也夫斯基那海神般萬濤湧起的各種面貌人物的大辯論，帶著激情講述在當時，也許聖彼德堡，也許某小城，各種上流社會最悲慘（是的，「屈辱」）的醜聞、騙局、一個美麗女人的身敗名裂……都可以，都可以在「卡夫卡之前」的小說泡膜，或小說重力場展開。但卡夫卡創造了「另一種可能被後來一些後輩學去，但失敗的『反小說』」，其實他或只是極專注、潛意識、夢幻劇卻能極清晰理性的記錄，一種如在膠狀玻璃顏料中泅泳的，奇妙的被種種岔開之無關緊要事，不斷分心，乃至於極獨特的，形成獨立於之前的小說的，另一種時間膜。

但這裡我比較想延伸去舉例的，其實是昆德拉的《玩笑》，當然他已經是和柯慈同一個時代的人了，但主人公經歷的是捷克共產黨高壓統治的年代，旋暴於「我」的那個力量巨大的專制，祕密警察，其他身邊人也被這種「告密、糾舉某個罪人」的同時是激情同時又極度冷酷所洗腦……「我」的悲劇處境比起柯慈的《屈辱》主人公，因為不成比例的荒謬，反而處理上不複雜，「我」當然被整個時代的整個集體「沒有人會笑」給宣判「社死」，剝奪掉他本該有的年輕、愛情、最簡單的尊嚴。而《玩笑》這本小說，對年輕時的我，那個讀來搔耳撓腮，為其「倒扣著命運的結構」感到激爽。總之，它建立在一——與柯慈的《屈辱》非常不同——「笑」的傳統，一種被剝奪、被侮辱者，很多年過去，想模仿當初那傷害他的那系統的某種暴力，回加於對方身上，但人生如戲、操控命運之懸繩亂扯，總之最後那個陰沉的、計畫嚴密的報復行動，被一種超乎預期的，滑稽、暴亂場面，變成屎尿齊流的卓別林式鬧劇。「屈辱」在多年後的，意圖模仿以回擊之，卻如蓮花綻放，又爆開了另一種「屈辱」。

回來看柯慈的《屈辱》，我們可以更體會，他設定的這個「將原本算是社會體面人，因為內在的『浪漫主義詩歌奧義』的殘餘、信仰，撞上了更後來、更現代對各種社會個體的維權設計，他觸犯了me too這樣的大忌，因而整個人間失格」，並不是如卡夫卡的《審判》，或昆德拉的《玩笑》，讀者並不會產生，因為受迫害的主人公全然無辜、困惑之臉，而進入與個體自由對立的那個巨大機器的恐懼。他真實的進入一個「確實現實中的我們，亦可能掉進的，你所受的，藉以支撐自己的文學、藝術、社會責任的內在價值，在此處踩破鐵鏽管線，掉入深淵」——試想，昆德拉筆下其他那些到處偷情的男主人公，或是川端筆下的男主人公，在柯慈這個小說情境中，那真的都是些老色狼啊——但這個男主人公是如此真摯的內在思索，乃至於到了後半本，他在那後來人生過得似乎不快樂的女兒她的安樂死流浪動物的工作場所，感受到的一團一團他的角色移換，前半生都是失敗的描寫，讓我想到米基洛克在幾乎像是自己人生投影，演一個失敗的、老去的、壞毀的摔角選手，《力挽狂瀾》，那說不出的讓人動容、靈魂深處被「人世是如此艱難」的老人景況，觸動著。甚至某一個意義下，我們讀科塔薩爾的《跳房子》，或波拉尼奧的一些短篇，甚至太宰治、七等生的某些「戰後惡漢小說」——是不是我們又接上了那個迴路——「美麗失敗者」。當然我們知道柯慈深湛的現代小說教養，絕無法框限在任何X軸或Y軸的座標橫移。他只是再一次證明，「當我們談論一篇了不起的小說時，我們其實說的是其中一種，小說的發動，那之後暴漲、核融合、核分裂、吞噬創造物而後再爆炸、再擴散，都是在原本一片無垠的黑暗與冰冷中。」

破碎的、相聚一刻的、怪異的在這種，真的就像「賣火柴的女孩」燃起的其中一根火柴棒形成的幻影空間，我和比我年輕一代、兩代的活在城市中的人，或都更熟練能掌握這種，「到處存在的場所，到處不存在的我」……

到處不存在的我

村上龍的《到處存在的場所　到處不存在的我》這個短篇集裡，有一篇〈公園〉，叨叨絮絮說著一些內心雜感的「我」，是一個小孩剛滿四歲的年輕母親，她描述著這樣一個城市中極常見的，社區小公園，有沙坑、滑梯、浪船和蹺蹺板，周圍是長有深綠色葉子的樹木形成的籬笆。這是讓那些小孩上幼稚園，而下午五點下課時間，來「遛小孩」的小公共空間（我自己也經歷過那個，小孩剛學會走路，到上小學之間，父母必須像守護者跟在一旁，又讓他們可以在其實限定了範圍的空間，自由的，和同齡的小孩玩耍、奔跑的「擱淺時光」）。但這樣一個小小的社區小公園，這些帶著各自小孩的年輕母親們，她們卻像雀鳥在棲息沼澤，看不見的上空，形成了錯縱交織的「歧視鏈」、「勢利圈」、「排斥他者、拉攏小集團」的透明之網。因為小公園正處兩個貧富差距頗大的社區交界，所以，外人看似無分別差異的「牽小孩的母親們」，她們就可以憑偶爾也帶著小孩來此的陌生母親，她的穿著、容貌，甚至比較胖，或小孩的清潔度與否，判斷其經濟能力，然後以一種外人看不出端倪的，冷漠、視而不見、一種幾乎是高中女生在班級上才會有的，靜默霸凌，而這個可能較胖、較邋遢，說穿了，較貧窮的闖入者母親，之後就不會再來了。

有趣的是，整篇小說，「我」所描繪的這些年輕女人們，都沒有名字，而是她們在這「遛小孩時光」彼此的稱呼：「風太媽媽」、「小早苗媽媽」、「裕二媽媽」、「浩介媽媽」……而且，這些「小孩的媽媽」們，也和印象中的高中女生班級，有不同的女王氣質者，形成以她為中心的附庸者小圈，當然她可能是最有錢或老公最有社會地位的，她們之間看似閒散、八卦，或亂扯一些社會新聞的七嘴八舌，其實全是這種看不見的炫耀、鋪排，但難度比高中女生之間的鬥爭複雜，因為包括了小孩學鋼琴，或不經意展示的穿戴名牌的知識，或對社會不同領域更菁英級的見解。

譬如她們聊起「小孩有沒有遺傳自己或家族的基因」這話題，看不見的，有的在暗自炫耀，有的在不動聲色的吹捧，但一定有這樣的小圈圈比較邊緣或等級較低的，雖然都是同樣帶著小孩來，而那些孩子都在不遠處的沙坑、遊樂設施天真無邪玩鬧，但這些「看不見的被貶降者，可能和在社會、公司中的權力位階之差異、尊卑，學習著得體的搭訕」。她們會說，「小早苗似乎有吸引異性的費洛蒙基因喔。」「的確，來到公園的小男孩全都會聚集在小早苗身旁。」這其實就是看不見的、兜轉著、小早苗媽媽在被吹捧的，同意自己是個吸引異性的美人，這種細緻如風中蛛絲、輕盈靈動的「女人初進入三十歲階段的，親密起來像姊妹淘、看似鬆散的即興（連利益關係都沒有）」、「玻璃皿中的變形蟲運動」，都可以「生出無限煩惱絲」，這是這個短篇非常厲害之處。她們閒扯的話題，基本上都是廢話，但又是某種「權力遊戲中極兇險的借力使力、判斷、動員、反串」的不自覺演練。

譬如說，透過「我」的描述，「風太媽媽」是個，和先生都是在大學研究所工作的高等科技研究人員，在這小公園的媽媽們小聚會中，不多話、氣質溫和、五官清秀，但就是從這些媽媽們其中之一傳出，在網路上的「成人幽會性愛網站」，看到一張照片和風太媽媽神似的女性，「會員編號是T0235，自我介紹欄上顯示的年齡是二十七歲，家庭主婦，嗜好是園藝和SM。由於孩子年紀還小，希望能夠提早一個禮拜決定見面日期。能見面的日子只有非例假日，而且要在傍晚五點以前……」

這幾乎就以這些並不真正是密友的（誰沒有自己的隱祕不可告人之事）媽媽們，背後激切談論，「風太媽媽就是那個T0235」，而那成人約砲網站上所有的女人，也都一些編號T0236、T0237、T0238……學生、飛特族、公司職員、家庭主婦……年齡二十二到二十八、九不等，都要出賣身體。

包括「我」，也掉入這種窺淫的想像，風太媽媽（在正常光照下，各自帶著小孩，告訴「我」，她要和先生前往波士頓繼續留學）會一絲不掛被陌生男人鞭打，或用鞭子抽打陌生男人的畫面？而最初爆出發現「這幽會網站上有個女性跟風太媽媽長好像喔」的小早苗媽媽，一轉身，浩介媽媽說：「我想了想，小早苗媽媽是不是經常去檢查這網站呀？」大家都笑了。

當然，連「我」這樣小心翼翼，在這小公園的即興「年輕母親小劇場」，不被孤立、不被注意、但也會出現譬如發現，今天怎麼麻美媽媽穿著皮褲、裕二媽媽毛茸茸的領子在風中微微搖動……大家怎麼啦？難道是事先就約好「今天就穿皮衣到公園集合吧」？而「我」竟沒被列入一起通知的成員中？

這個短篇大約就這樣說不出的輕焦躁、惘惘的擔憂，又是旁觀某個他人被群體孤立、又似乎自己也隨波逐浪說不定是下一個被孤立者的氣氛中完結。其實這本短篇集中，一如書名，都是在現代超級大城市中的，某些非典型，但又充斥在我們四周、無法形成較長的時間史，但作為薄薄一片橫切面，可以看見不同的會聚於此的人們，在這相聚一刻的似關係又好像原本毫不相關之人的剖面圖。〈便利商店〉、〈居酒屋〉、〈KTV〉、〈聖誕夜〉、〈車站前〉……都是如此。

我同樣也很喜歡〈KTV〉這篇，但這裡就不細述，總之是一個老阿北，也即隨意在街頭被兩個頭髮分別染成紅色、金色的少女，約去唱KTV。很多年前我在台北西門町也見過這種向歐吉桑主動搭訕的「落翅仔」嗎？「援交少女」嗎？總之，村上龍透過這次的「我」是老阿北的視角，回憶起他這一代人，當初從東北地方，到東京來，然後集體到大工廠就學、住在工廠（電鍍銅廠）集體宿舍，那是個沒有繁華、娛樂、苦幹的年代，他們其實是集體的，日本經濟起飛之初的，壓在地基的一整代人的「個人青春」，他拿著KTV的麥克風，唱的也是昭和三十年代的暢銷曲。但他與那兩個根本像孫女輩的，把自己打扮成蘿莉塔娃娃的少女，根本沒有互動，連援交也不像，兩個女孩自顧在唱她們現在流行的舞曲，當然免費吃一頓這土老頭招待的餐飲。

破碎的、相聚一刻的、怪異的在這種，真的就像「賣火柴的女孩」燃起的其中一根火柴棒形成的幻影空間，這小說集距今也二十年了吧，我和比我年輕一代、兩代的活在城市中的人，或都更熟練能掌握這種，「到處存在的場所，到處不存在的我」，因為後來還有了智慧型手機，更多虛空上搭橋建棧的，本來不存在、但在訊號波裡，像螢光水母、斷裂的記憶鏈、蜉蝣生命，那樣一觸而散的情慾、孤單、個人與這個大資本主義機器的那一截連接處，或自己如何成為報廢品、如何和陌生人同樣的分崩離析狀態、共處於這些空幻的括弧：「便利超商」、「KTV」、「公園」、「居酒屋」……？

我年輕的時候，我的老師應該不會挑這樣的小說來作為範本。我們可能該趁初萌、靈魂吸引力最大之際，花些死功夫讀讀契訶夫、讀讀《哈姆雷特》，甚至《紅樓夢》、《追憶逝水年華》，學習一種較長時光展幅中，人與人在一複雜編織網絡中的糾葛、影翳、完整的身世感覺，或較強大擰扭的人心被命運折磨的痛苦嚎叫。真的，我如果現在要傳授一個二十歲年輕人，當真要把寫小說當一生的志願，我腦中首先出現讓他耐心苦K的前幾本書，一定也是福克納的《聲音與憤怒》、卡夫卡的《城堡》、杜氏的《卡拉馬助夫兄弟們》，這種重裝特戰訓練，要到年紀更大，更多音軌能禮會感受「描述人心的不同變幻靈性與奧祕」，或才會提議跟我一起（而我也是小心翼翼）細讀《紅樓夢》。

但是，為何我在這想提村上龍的這本《到處存在的場所　到處不存在的我》

呢？它可能像某種「將探勘人類在現代社會中的量子態之觀測，鍛鑄出更微細之顯微攝影內視鏡鏡頭」的工藝更精密化的一種過渡。事實上，我後來讀到波拉尼奧的《狂野追尋》，反過來看村上龍的這些小說，可能更像之後會被網路每天上億斷碎「人存在之狀態」淹沒掉的，「人類在這之前仿擬現在極可能由AI處理的某種感官、殘餘記憶、無聲的暴力、削減戲劇性的游離態」，但波拉尼奧用超人的意志，追蹤記錄數百個「內向寫實主義者」，其實是以「粒子態」啪啪啪霰彈射向一屏幕，繞過、跳過一場當年發生的恐怖屠殺，但那像核爆的輻射塵，分散在這數百個完全不同生命史，但皆經歷過那年代的受害者、旁觀者、證人、共犯、流亡者……「到處不存存的我」，這種將人在當代小說中的「主體性質疑」，微小到粒子態的「場」的觀測微度，就會產生出我年輕時，一整代，黃錦樹所謂的「內向世代」：黃國峻、袁哲生、董啟章、賴香吟、陳淑瑤乃至集大成者童偉格。這在其中有各自後來的命運、逃逸，或文學環境不支撐這樣的「量子態」近乎幽靈的繪製記錄。在當時當然更多大腦袋會被吸引至波赫士，乃至卡爾維諾那樣的萬花筒、繁夢之鏡廊。但以我們身邊，觸手可即，但又無法素描的「東亞城市」（以東京為代表）的碎屑磷光，又還沒整個世界栽進像《哈利波特》這樣，完全切斷寫實、歷史（哪怕已扭絞、冷酷異化到難以分辨），全然憑空發明的「遊戲空間」，包括村上春樹的

《IQ84》這種，我這種舊金屬年代武士無法從最內心接受的，影劇IP嗎？《到處存在的場所　到處不存在的我》，反而是我可以和年輕創作者「從頭談藝」的，也許可以上接如薩拉馬戈《盲目》那樣的大型城市中，借過度密聚的電光、鏡窗、流動的車燈、時髦與衰敗，它似乎可以躲開那二者分別不同的、龐大「人類巨型觀看之劇場」。

　　但我覺得我這樣說，好像太輕佻了——恰好在以村上龍的靈狡薄切，對照了薩拉馬戈《盲目》，與童偉格《童話故事》，其實正是當代小說最重要的那整塊「宗教的廢墟」，這恰正是小說看不出其變軌、接上後來的《黑鏡》或《愛X死X機器人》這樣「在觀看的藝術上演化，卻將這一百年，中歐的、拉美的、後俄的、德國的、印度的、英語系的、法文的、日本的……各種大小說的巨石陣，斑斑血漬的濕土和瓦礫，跳過去，因為在城市峽谷演劇，而非喪屍片；如果你更持續、龐大的閱讀，或也能撬開卜續童偉格的《童話故事》那詩之奧義，但又分明是小說創造的流動，找到某種微分的、定格之瞬的站立針尖。」

你慢慢會因為「知道更多人間事」，那種「自我戲劇化」的魔怔，很像年輕時賀爾蒙過剩的狂激愛情，慢慢就會褪去他們說新仿的瓷器，再怎樣傳神，就是少了時間讓釉面變沌變一層說不出的朦朧，就會有那「火光」。

自我戲劇化

過了某一個年紀，「自我戲劇化」會變成一個小說創作者，內在檢視的負面詞。它意謂著：超額的濫用你在小說中，透過詞語的控制，去觸碰其實你並沒有真正經驗、深刻感受過，但你卻將它們，像性濫交症者，亂生出「沒有臉的胚胎」。譬如皮藍德婁的劇本《六個尋找作者的劇中人》，那近乎於社會新聞中，一些沒有父親、母親責任意識，卻亂把小孩生出，扔在這荒酷人世的繁殖者。但其實一個年輕人，在幻想自己有一天要寫出一篇偉大小說的當下，他已經開啟了這個職業最需要的天賦：「演員進入角色的生命史及其感覺的想像力」，事實上，在研讀、學習偉大前輩之小說（不論是杜氏的小說、卡夫卡的小說、張愛玲的小說、莒哈絲的小說），你都是在模擬一種「將來的巨大胃納」，你將成為吞食你的時代，一切進入可摹寫射程的人、事、物，以這些偉大小說家提供的不同建築芻議，變成一隻吞食故事的巨獸。

這最內裡其實有一個極早就建立的，類似偉大演員一旦離開劇場，他就只剩一張空白的臉（多麗絲．萊辛的一個短篇寫的），所謂表演者的疏離。所以你絕對不是你筆下（無論書寫時多麼酣暢淋漓、整個靈魂燃燒）那個妓女，或收集美少女的變態，或能拯救世界的漩渦鳴人，或是面臨行刑牆的死刑犯下令開槍的行刑隊隊長，或是被關進瘋人院的天才詩人……然而，其實比流傳在青少年電腦中的AV影片，更沉默，但其實是人類至少近幾百年之噩、痛苦、變態、燦爛瘋狂的家族史，蜂巢那樣的城市萬花筒、整個人類滅亡只剩下你一個人要承受的孤獨，乃至剝製美人兒的頭皮製作最接近神的香水……其實我經歷的九〇年代，到這個世紀初，你走進任何一家誠品書店，在那樣安靜、文藝氣息的空氣，書架上抽出任何一本有其盛名的小說，無不是我這個小小的、活在這第三世界小島的，再普通不過的害羞青年，讀了之後，「靈魂爆炸」，眼眶欲裂、感覺無法呼吸、那超出我能承受的「惡之華」，可能是遙遠一個真誠的說故事者，點了一根小火柴，讓我照見「原來曾經有人承受如此大的暴力」、「原來曾經有人經歷過如此深刻的愛」、「原來有人在這種形態中被捏扁、踩踏、被侮辱與被損害」……事實上，徐四金《香水》中的惡魔香水製造師葛奴乙，像是這些顫抖著吃下別人生命經驗、別人活著的時光、別人的愛恨離別的年輕創造者，走過水潭不敢下望，怕浮現出來的，正是這樣的「剝食者臉孔」。

但問題是——這很像艾西莫夫的機器人三大定律，有環環相套，可能彼此悖反的設計之初的硬牆——對於一個，你可以稱之為「和魔鬼交換靈魂」，可以稱之為「有萬花筒寫輪眼，可以接近透明的感受到自己筆下人物真實的感覺」、可以稱之為「有和菩薩一樣慈悲、他感心的內在嘈嘈不休的收音機」，其實在學習之途的最初階段，最大的修藝，正就是「自我戲劇化」——對不起，我又提《火影忍者》的例子——影分身術，所謂千手千眼觀世音菩薩，能聞世間一切苦，最重要的，踩下階梯、進入那如果你的小說構造將那人物放在那樣的地下室，你自然降級而下，走進那地底的黑暗、未知。

這真是非常困難、艱苦的「因絕對專注，而離開世俗塵土的道德囿限」，我年輕時耽讀大江健三郎的小說，為其變態，不，建築一種強力鋼構的，將原始變態壓縮成能支撐他投擲向，後來這個更不義的世界之劍塔，但年輕時只是詫異那變態後一種我摸不著頭緒的高度理性，和龐大的知識量，要等到三十多歲近四十歲，陸續又讀到他較晚期的《換取的孩子》、《憂容童子》、《再見，我的書！》、才愈更感尊敬，原來他是一個那麼用功、脆弱、艱難而持之不輟其嚴肅的專業讀者。

但世界（或二十世紀）小說地圖上的巨人，不，近乎神的偉大小說家真的太多了。我後來讀到波拉尼奧的《2666》、《狂野追尋》，完全超乎（當時我已經四十五歲了，已是我自己年輕時給自己設定，小說，這個極限運動的職業生涯尾聲）我能想像的宮殿，不，超大型防空洞，能藏進那樣不可思議數量，完全不同的受難者，靈魂痛苦者，然後我知道他四十歲左右才發狂書寫，留下這幾部偉大小說之版稅給家人，五十歲就過世了。我自己在五十歲出頭時，生了幾場大病，深覺自己陽壽將盡，內心的遺憾，便是我竟沒能在二十多歲時讀到他的小說，但重來一次，我的命運、才華、限制，也做不到比後來的這個我更好更多了，遂釋然。譬如三十多歲時被不同師友介紹了奈波爾的小說、魯西迪的小說，系統讀下來，我似乎才開了原來單一生命史之外，對這個世界「殖民史的複眼」，重新理解黃錦樹的小說、張貴興的小說、李永平的小說。或是較潛心沉浸的讀波赫士的諸個短篇，重新塑造自己內在的不同次元宇宙。或是讀了卡內提的自傳三部曲，第一部《得救的舌頭》，那完全缺乏之前足夠知識，不可思議的，當時他家在奧地利，一戰之前，那不可思議的猶太人最菁英家族的世面，輝煌的歐洲。或是年輕時讀了符傲思的《法國中尉的女人》（當時台北文壇將其作後設小說的典範），但年紀較大、更大時，又讀到

《魔法師》，喔，另外還有英國超強大腦艾瑞斯·梅鐸的《大海，大海》，對我皆是，我的成長背景，我的國度能給予的藝術、詩歌、人文教育根本抵達不了的，那奇幻的一座孤島上，莎翁的《暴風雨》中那狂怒、善疑、控制力超強恰好又有絕對力量的老人和他的愛人、女兒、奴隸、精靈的，戲外戲，但不是在切斷了後延寫實背景的十七世紀舞台，而是活生生的，在二十世紀（因為其富有，其社會地位）的怒海孤島，各自重建了一個大劇場，比現在那些實境秀，要複雜、瘋狂、讓人顛倒迷離一萬倍……我大約就是在此時，心中慨嘆：二十世紀小說，是（歐洲）帝國概念與規格的產物，那絕非在我這輩（清末之後的一百年後）能夠產出的規格。這裡還不提卡夫卡、不提杜氏、不提《追憶逝水年華》，事實上，這些大小說，我都是三十多歲，記得自己二十多歲「讀過了」，然後四十多歲，記得自己三十多歲讀過了，五十多歲再重讀，完全腦中一片空白。因為我生活其中的這個世界，每一道街道、牆面，走進的聚會、認識的人們，完全沒有以上這些大小說之中，那樣博學、體會過各種智力相當者之愛情，情格又那麼陰沉古怪，又可以展列出那麼立體凹凸、不同雕花、光影變化的，被他的任性和不節制，弄得痛苦，但以哲學論辯對抗之的，「恍如劇中人」，可以與之對照。

我怎麼可能不被「自我戲劇化」，不，這背後巨大、強力，可能必須到二十世紀，我這輩人傻乎乎從上一輩有心人的引介、翻譯、出版，小小一個平凡的青年，卻得以「無限暢遊三十年」的，巨人的小說遊樂園那影影幢幢的高大機器所迷了魂？

這本書的起心動念，是想哄勸一些年輕人，「不要把你們寶貴青春，掛在那只有將人類心智，不斷降維、再降維的網路、各種社交軟體、破碎的虛空幻影，花個十年好好K幾本二十世紀比電腦的發明、汽車、噴射機、手機，這些發明更偉大的發明：二十世紀那小說地圖上一座一座偉大的小說」，但寫著寫著，不慎脫離了「勸世文」的設定，碰到了我自己到這年紀仍也為之迷惑的，譬如在電影《少年Pi的奇幻漂流》，看到那母親枕邊說故事時光，告訴男孩，「毗濕奴問黑天有沒有吃土？黑天說沒有。毗濕奴打開黑天的嘴，卻發現口中是整個宇宙。」我覺得這一句話真是美翻了。

是的，很像少年Pi他小船上的那隻老虎，以及包圍著這小船的大海，這種啟發，可以在讀進印度神話；或譬如我四十五歲時奇幻的在一間小牙醫診所，遇見一位智商一六七的怪牙醫，他講述量子力學的理論給我聽，講述他自己在這繁華市井的咫尺小牙醫診所，研究的佛教哲學；或譬如我這青春期等於失學，人過中年，意外在YouTube上，看人講我原先根本搞不清啥是啥的「魏晉南北朝史」、「唐末五代十國史」；或另一個學問極好的講者，講希臘文明、羅馬文明、小亞細亞文明、土耳其帝國、東羅馬帝國；或是也有講者，科普的介紹歐洲不同的大哲學家……是的，回到那個「不到過度自我戲劇化」的「小說家總會機伶伶打個冷顫」，我想到我極有幸在我的小說時代，遇見像黃錦樹、董啟章、童偉格這樣尺規的小說家，而他們幾乎在不同時刻、不同場景，分別對我說過：「首先，你要成為一個一流的讀者。」

另外，「節制」之所以在一個小說家在這個時代的一種「自我戲劇化」的自省或「可能的癌擴散的電療」，在於我老師楊澤，有一次溫和的笑我「現代小說一如二十世紀那些極限運動員，他們會完全違反古典人類正常身體的某個部位，譬如ＮＢＡ頂尖球星常發生膝蓋十字勒帶撕裂，或蹠指骨折；職業大聯盟的頂尖投手發生肩胛唇永久性斷裂……這都是超荷正常人千百倍的使用這些部位。而現代小說家，長期高度使用他的大腦，去人性深海潛泳打撈人心最黑暗的沉船……」

我的老師笑說：「魏晉的詩人，譬如陶淵明，他會跟他的好友說，我是個『職業詩人』嗎？」簡而言之，我們近乎膜拜的想讓自己，成為波拉尼奧那樣的小說家，或我認識一些冰雪聰明的女小說家，會學張愛玲那句「成名要趁早啊」，然後會掉進所謂「張愛玲演劇」，過早的在該寫之年，封筆不寫。其實有一個我們懵懂降生其場域而不自知的詞：「資本主義」。北野武的那部電影《阿基里斯與龜》，一個在孩童時期便被所有繪畫老師評定為天才的男孩，一如我那個年代所有創作者給自己腦中一個「現代藝術之基督的臉」：樊谷的自畫像。但他不斷的認真的畫、學習突破，家道中衰後，還是三餐不繼但專注的畫著。但電影拍出了我們「可憐身在其中而不知」，這整個二十世紀中葉之後，不斷演變的對藝術的各種最前衛、美術館、拍賣會在追捧的新概念、新流派。於是，在資訊不對稱末端的畫家，總是像阿基里斯追不上烏龜，燒乾了自己一生精力、婚姻、所有，但就總是差一個「現在都流行什麼了」，差了一個斷代。當代小說，好，我們如前所說，經歷了十年、二十年的用功，開始投入書寫，那有個隱藏在我們後面，我們不承認（因為在這小小島國的出版市場，我們很早就淡泊了，你寫了三年的、耗盡心血的一本長篇，可能就賣不到一千本）但其實隱藏在每一階段後面的，不同的遙遠的，功名嗎？也不像，但就是資本主義以多副面孔在我們不知道的大體系後面，它劃定了——如果沒有NBA的超昂貴現代大型秀的場面，喬登、科比、拉布朗會是我們心中的神嗎？沒有二〇二二那史詩般的世界盃，梅西會讓我們在電腦前淚流不止嗎？——一個融混了現代羅馬競技場、希臘劇場，一種全球人類在這一項目最頂級、神人級的展演，不提那後面對我們而言，根本超現實的薪資、專屬經紀人、專屬訓練員、專屬復健師、專屬心理醫師……事實上它是資本主義透過更幽微隱密的方式，蓋的神廟、高聳的金字塔。我們「自我戲劇化」的梵谷、卡夫卡、張愛玲，他們的神之光，恰正是他們脫離了那些「汲汲營營、攀爬、交涉、蹭混上某些格局不入眼的封獎」，但最後的最後，那作品本身的「因拒斥其他平庸」而形成的奇特光輝，不正也是在這資本主義不同時期的，某種資本主義造神才可能形成在單一人體，他的手、他的腦、他的眼，創造出那「抵達之謎」？

有一個時期，我非常迷惑，年輕時像身負「萬花筒寫輪眼」的幾個中國大陸最好的小說家，全部跑去寫文革、土改、農村的瘋狂，但又好像少了某種小說中人物原本該拉高的「歐洲小說裡的文明大廳的出入者」，後來意識到，那是小島的我和我同輩的作家，不可能遇見的，歐美或世界對那些年中國頂尖小說，透過翻譯，「看不見的訂單」。大約二〇〇〇年之後，我再如之前，每月一種「遲到焦慮」，走進像「命運交織的城堡」的誠品，想像從前撈起一本，我錯過的，譬如納博科夫、譬如《收集夢的剪貼簿》、譬如《白牙》這些錯過便遺憾的好小說。但發現愈來愈難，大約十年吧？或二十年吧？書店裡搭起書塔的，超級暢銷書，是一些真的我也認真讀過的「通俗翻譯小說」，但出版社（或後面，全世界搭配著好萊塢的某種大片，那看不見的全球化之手）花下可以養十個或二十個台灣好小說家的巨資，拚那聽來不可思議的銷售，五十萬冊！三十萬冊！

我好像離題了，不是離題，而是講歪了，這種「翻譯小說瘋狂衝量」的時光，終於也在十年前吧，隨著紙本書出版的徹底冰河期，泡沫也消失了。

但還是我老師提點我的，這件反思一旦掉入一種義理邏輯的迴旋，其實我們東方人就將之暫放進「造化」，因為它不可能是你站在河岸這端，鞋襪不濕，沒有經歷過那湍急漩渦，以一種靜止此刻的推證，而能攜帶全身大掛口袋裡的「時光之沙」，就判定「心即理」，還是「本來無一物」。資本主義造出來的巨大神幻劇場，也許張愛玲活在這時代，她也追美劇呢。也許卡夫卡活在這時代，他的那些後來託友人燒掉的稿子，說不定也就持續貼在某個寂靜無人聞問的臉書上呢。網路大神把波赫士、卡爾維諾，他們意圖以小說形態寫出的「無限」，搶奪過去，變成不是一種「靜中沉思，於這沉靜中發動燃放的煙火」，不是「作品」，而是超額在所有人上方的「雲端」，其實「哲人」、「詩人」、杜氏筆下那宛如耶穌再世的神聖之子阿萊莎，那些人格神的典範早已離開高貴的寶座。「小說家」和「電影導讀」只是在我們所說的這資本主義，較靠近的一百年，再綻放燃爆，終於還是離座讓位。所以那個失落感、幻肢感可能衝擊較大。

我們的幸運是，我們可以把全部的伍迪．艾倫的電影，靜靜專注的看完，然後在某人家的客廳，舒快的討論。或是某幾人的《攻殼機動隊》迷，又延伸看了《黑鏡》、《愛X死X機器人》這些小影集，當然也一定是諾蘭迷，或是那部神劇《DARK》迷，然後大家在一間小咖啡屋，亂聊那些YouTube上看來的量子物理學、黑洞、廣義相對論、時間、空間、宇宙的物質……這些話題。或可以走進「昭和町」那些一格一格店鋪放滿了真真假假的宋代定窯、龍泉、影青、建盞茶碗；或幾十年前偷盜過來的唐、宋、到明的石造佛像、木雕佛像、藏傳銅鎏金佛像；或水深到你迷失其中的各種紫砂壺、段泥壺；或那些從青田街、永康街巷弄公寓，某個過世老教授家，被不懂的孩子清出給收舊貨，然後流落到此的日本時代版本書、畫……這些市井高人，都像畫裡的羅漢，笑咪咪泡茶和你閒聊，他們知道這座城市，一個潮流一個潮流，幾代人的起伏興衰、風塵孽債。每一個古董、舊物都沾著不知轉過多少人手的汗垢包漿，但那全都是悲歡離合的故事。

於是你慢慢會因為「知道更多人間事」，那種「自我戲劇化」的魔怔，很像年輕時賀爾蒙過剩的狂激愛情，慢慢就會褪去他們說新仿的瓷器，再怎樣傳神，就是少了時間讓釉面變沌變一層說不出的朦朧，就會有那「火光」。

寫《半生緣》時的張愛玲，她可曾設想過一種「純真之愛」的極難造境？那牽一髮而動全身，在世鈞、曼楨這兩人的小小共振區之外，所有編織纏繞的，那個年代的年輕人背後的家族關係，一股擰扭著一股，竟然是必然的死局。

喜歡

這裡抄一段張愛玲《半生緣》裡，世鈞想向曼楨「告白」的段落，那時世鈞和好友淑惠一起回南京老家，經歷了短暫返鄉行的家裡人事種種，總算回到上海，見到曼楨（他們原是三人行，同一家公司同事，下班後一起晚餐的朋友關係）：

……半路上忽然聽見有人在後面喊：「喂！」他一回頭，卻是曼楨，她一隻手撩著被風吹亂的頭髮，在清晨的陽光中笑嘻嘻地向這邊走來。一看見她馬上覺得心裡敞亮起來了。她笑道：「回來了？」世鈞道：「回來了。」這也沒有什麼可笑，但是兩人不約而同地都笑了起來。曼楨又道：「剛到？」世鈞道：「噯，剛下火車。」他沒有告訴她他是在那裡等她。

曼楨很注意地向他臉上看著。世鈞有點侷促地摸摸自己的臉，笑道：「在火車上馬馬虎虎洗的臉，也不知道洗乾淨了沒有。」曼楨笑道：「不是的……」她又向他打量了一下，笑道：「你倒還是那樣子。我老覺得好像你回去一趟，就會換了個樣子似的。」世鈞笑道：「去這麼幾天工夫，就會變了個樣子麼？」然而他自己也覺得他不只去了幾天工夫，而且是從很遠的地方回來的。

曼楨道：「你母親好嗎？家裡都好？」世鈞道：「都好。」曼楨道：「他們看見你的箱子有沒有說什麼？」世鈞笑道：「沒說什麼。」曼楨笑道：「沒說你理箱子理得好？」世鈞笑道：「沒有。」

一面走著一面說著話，世鈞忽然站住了，道：「曼楨！」曼楨見他彷彿很為難的樣子，便道：「怎麼？」世鈞卻又不作聲了，並且又繼續往前走。

一連串的各種災難在她腦子裡一閃：他家裡出了什麼事了——他要辭職不幹了——家裡給他訂了婚了——他愛上了一個什麼人了，或者是從前的一個女朋友，這次回去又碰見的。她又問了聲「怎麼？」他說：「沒什麼。」她便默然了。

世鈞道：「我沒帶雨衣去，剛巧倒又碰見下雨。」曼楨道：「哦，南京下雨的麼？這兒倒沒下。」世鈞道：「不過還好，只下了一晚上，反正我們出去玩總是在白天。不過我們晚上也出去的，下雨那天也出去的。」他發現自己有點語無倫次，就突然停止了。

曼楨倒有點著急起來了，望著他笑道：「你怎麼了？」世鈞道：「沒什麼。——曼楨，我有話跟你說。」曼楨道：「你說呀。」世鈞道：「我有好些話跟你說。」

其實他等於已經說了。她也已經聽見了。她臉上完全是靜止的，但是他看得出來她是非常快樂。這世界上突然照耀著一種光，一切可以看得特別清晰，確切。他有生以來從沒有像這樣覺得心地清楚。好像考試的時候，坐下來一看題目，答案全是他知道的，心裡是那樣的興奮，而又感到一種異樣的平靜。

曼楨的表情忽然起了變化，她微笑著叫了聲「陳先生早」，是廠裡的經理先生，在他們身邊走過。他們已經來到工廠的大門口了。曼楨很急促地向世鈞道：「我今天來晚了，你也晚了。待會兒見。」她匆匆跑進去，跑上樓去了。

世鈞當然是快樂的，但是經過一上午的反覆思索，他的自信心漸漸消失了……

這是我念高四重考班時——其實當時我根本沒有打算能考過聯考、考上大學，整個高中三年，我全在鬼混，英、數、理、化，在這樣壓擠在「後高中」的重考班，沒有一扇對外窗，他們賃租在大樓裡充作教室，裡面擠滿上百個一樣要重考的男孩女孩，我根本聽不懂，離開國中之後，原來難度跳躍那麼大的，高中的英文、高中的數學、高中的物理、高中的化學，我整個人像遊魂飄蕩，對未來毫無想法，是個徹徹底底的「人渣」——那重考班在當時就在信義路鼎泰豐旁的一棟大樓上（後來好像變成合作金庫），再往當時還是國際學社，和後面一大片類似違建破爛房屋的眷村，還不是如今的大安森林公園，那裡開了間百貨公司。當時還沒有後來那麼多的誠品、金石堂分店，很奇妙的，在這種百貨公司的三樓吧，會有一個角落，是書店，比起後來大學時學會了去重慶南路一間一間塞滿各種文學、哲學、人文思潮的書店街，或台大對面的幾間大書店，這種百貨公司裡的某一區小書店，兼賣文具，可以想見，整個有限書櫃，篩除掉一些參考書，或我當時的大腦辨識系統不會將之翻譯是什麼的書（也許有一些那年代的電腦程式工具書），有限的幾排，在「出版大噴發」之前的幾年，或就都放著三毛的書、瓊瑤的書、林清玄的書，以及爾雅、洪範、九歌出版的一些人文書。我不記得是在這重考一年的上半年或下半年，像個怪人走進這百貨公司這一層的這一區，先是抽出余光中先生的《梵谷傳》，站在那兒讀了幾小時，之後幾天再去，再站在那兒（高四班的翹課比較像放牛吃草，也毋須請家長作證，不去就不去了），我在許多地方提過，當時「像一道閃電打中了我，眼前的世界完全不一樣了」，我當時完全脫離真實社會現象，靈魂整個燃燒，我要，但我從小完全沒有繪畫的天分，我要，去山裡孤兒院當神父，但其實我家是拜觀音的……然後我要和梵谷一樣，三十七歲用槍朝自己腦袋轟擊。大約幾天後，同樣是站在那個位置，那排書架上我抽出的正是這本張愛玲的《半生緣》，很奇妙的，並沒有發生後來我僥倖考上文化大學，在山中小宿舍開始我的「食字獸」時光。我是在攻讀許多本小說，發現自己有閱讀障礙（或許這正是整個青春期，我渾渾噩噩，無法聽懂課堂上老師在說什麼），然後我長達十幾二十年的「抄讀」（其實就是放慢閱讀速度）。但我站那兒，非常順的讀進了這小說開啟的一個故事祕境。

很多年後——當然後來我也讀了夏志清先生的《中國現代小說史》，知道了張愛玲的傳奇和她在文學史的擺放位置，也讀了上一輩「張迷」們的各種評論和公案文章，然後是王德威老師那個標籤「祖師奶奶」，才又補追那時光中不同梯的台灣、香港、上海，所謂的「張腔」；然後有像「第二次浪潮」、「第三次浪潮」，以至於「被背叛的遺囑」：《小團圓》、《雷峰塔》、《易經》以英翻中再現江湖。我也老實讀了，算是「非常喜歡」這幾本她原想銷毀的中年後作品這一半邊的讀者（另一半則是評價不高）。整個華人小說，可能除了金庸，沒有人能像張愛玲與其作品，像一奇妙的錐體投影，在不同年代、不同地區，都能造出這種傳奇浪潮——我並沒有在這樣的文學龐大基因海洋，成為有一絲從張愛玲那得來的贈禮，但我腦中對於《半生緣》中，世鈞向曼楨「告白」這一段，我幾乎像隔了三十多年沒碰過，卻可以一字一句對唇跟著小說原文複誦。

很意外的，後來成為經典金句的，是小說最後，兩人多年後重逢，曼楨對世鈞說的那句：「我們回不去了。」

到了這年紀，重讀張愛玲的《半生緣》，發現多年前（幾乎可以說是我懵懂初啟時光）記得的這段情節，原來竟在頗中段了，也就是說，在這之前，張愛玲已經花了相當文字（真的我到現在這年紀讀，還是極佩服、尊敬，她那種不動聲色，但已將決定兩人這一齣撕心裂肺悲劇、像希臘劇場的歌隊，預言將要發生的不幸，是完全摧毀讀者們旁觀著的這對安靜男女，那樣連針掉在地上都似乎能聽見的，那麼透明玻璃音義的共振，他們會被硬生生扯離，而男主角完全不知道女主角會被她的身世，那麼暴力吞噬），原來之前張愛玲已將局布開，這世鈞、曼楨在他們倆終於「確定喜歡彼此」這件事之前，盤桓兜繞，多好幾個心眼，身邊的任何人事關係，都搖晃著那麼敏感、安靜的兩人。那一切穿廊入弄、過場、和第三者的淑惠一起在那年代的上海，都像是煤氣燈罩，陰翳朦朧。現在我才理解了，十九歲時站在那百貨公司的小書店書櫃前，讀著這本小說的我，對人世的所有痛苦的理解那麼膚淺、稀少，原來我被她前半段這些鋪排的描述，「安定了心魂」，似乎真正的走進那即使後來拍成電影，絕對都無法再現的，「第一現場」。

現在的我們，可以每天，透過網路搜尋引擎及資訊海洋，無遠弗屆的在我們大腦塞進所有人類與他者、與關係網絡，甚至像《人類簡史》、《自私的基因》，各式各樣的美劇、韓劇，不，更多在YouTube上的「五分鐘說電影」，我們也有不同的影片，能進入任何大城市的各種視角。但是寫《半生緣》時的張愛玲，並沒有這些外掛「洗資料運算引擎」，她完全是獨自孤獨掛在那單薄身子上的「超強大腦」，是的，我們知道她自幼耽讀《紅樓夢》、《海上花》、《金瓶梅》，這與後來她那幾本半自傳的「本不要面世」的《小團圓》、《雷峰塔》、《易經》，那根本的新世界新人類的青少年青少女，難以想像的，「現代、古代、中、西這一切碾坊磨盤上被碾的穀粒」，整個上一輩人像是鴉片菸裡的扭曲鬼臉，不然就是她母親這種「耗盡全部精力，在側臉、低頭，和上流社會的單身漢，好像愛情演劇，實則是最復古的婚姻交易」，各種掐絲纏絞，這個「超強大腦」。

她可曾設想過一種「純真之愛」的極難造境？那牽一髮而動全身，在世鈞、曼楨這兩人的小共振區之外，所有編織纏繞的，那個年代的年輕人背後的家族關係，一股擰扭著一股，竟然是必然的死局。譬如寫〈葬花詞〉那種天才、真情通天地的林黛玉，如果把那大觀園的層層堆砌的迴路框架拆掉，對手不再是「天下第一淫人」的寶玉，而就是沉靜，對世情同樣知畏、謹慎的世鈞——想想那可不是馬奎斯《愛在瘟疫蔓延時》，年輕的阿里薩，以為只是讓自己的小情人費米娜小小難受一下，不想（可能是金牛座的）她砰就永遠關上愛之門扉——張愛玲不是魯迅、沈從文或老舍，她是真正的「現實主義者」，卻又在這本小說，孤注一擲，全面啟動，演算那個「小團圓」之前的「心靈的大屠殺」。一百年過去了，我們後來的讀者，有幸在張愛玲小說之後，讀過王文興的《家變》，或李永平的《吉陵春秋》，乃至莫言的《檀香刑》……更多更多，也就是說，各種後來不同天才提出的小說演算，張愛玲這顆「超強大腦」隻身站在那鬼影翩翩的人世——之後還有木心的〈上海賦〉及他的諸個短篇小說，此處不打開談——這在後來五十六歲的我重讀，那個恐怖、殘忍！必然被這文明崩解的暴力捏爆的那小小輕盈、晶瑩的一個小水晶體。

我想對年輕時，站在那八〇年代末台北街道一間小型百貨公司裡，像第一次溺水，感到自己的肺灌進所有髒水，但又一片銀光的瀕死，那個自己說：這件事確確實實沒有捷徑。

回頭來看，最前面引的那一段，曼楨與世鈞，兩個人，那麼謹慎，不打擾人，最無害，也都知道不讓別人窘迫，「貼壁而行」的兩個「張愛玲小玻璃人兒」，他們展演的這一段，是否讓我們嘆為觀止。很後來之後，我當然讀過艾莉絲．孟若的小說，她似乎是多元宇宙另一架運氣比較好，沒有匆匆被捏掉原本創作成熟期的「張愛玲鋼琴」。另外我記得約莫二十多年前，初次讀了印度小說家阿蘭達蒂．洛伊的《微物之神》，我的好友黃君寫信給我，聊到此書，他說：「這是『張派』小說。」這真是非常棒，非常傳神的一個戲語。但放眼整個世界，二十世紀那許多了不起的小說家，張愛玲的那句：「將許多細節繡在人面看不見的布鞋底」，似乎是我們許多人對張愛玲那些像繡在屏風上的，其實可能源出潘金蓮、《海上花》裡那幾個只有言行不一的極簡表情形容，和所說的話的反差，或是《紅樓夢》裡的林黛玉，那種天地之下無處容身，因為如《愛麗絲夢遊仙境》中那無法在乖異、變態、快速變臉、層層累聚的女性互相絞殺的棋局中，展演出「純真」。在她的最純真理想態，就是昏濛濛、濕淋淋——一直到王安憶的《考工記》我們才又讀到那種失魂落魄、魂兮無所飄蕩的上海某街角——這世鈞和曼楨的這段「告白」，「告白」其實是現代粗俗幼稚的壞品味，張愛玲那樣手完全不抖，兜著寫，兩人像兩隻小麻雀，在小小相遇之枝椏上，輕聲啁啾，老實的繞圈子。很多年後我也有看得哭得稀里嘩啦的「就是能煽到你的情」的電影，譬如梅莉史翠普演的《遠離非洲》、譬如韓國電影《我的野蠻女友》，或日本的《情書》……是的，資本主義的極萬中選一的「生離死別」、「千紅一哭」……或反過來想，在《紅樓夢》之前的，不論唐傳奇中的幾個神品，或《西廂》，甚至《牡丹亭》，其是構成那「離恨天」的極傷之殤，都是後來的造化。但最初時刻的，「喜歡上了」，幾乎一樣都是說不清，不交代了的，「直接撲倒」，或「花痴的耽溺」。未有如張愛玲在《半生緣》中，這一段世鈞對曼楨說：「曼楨，我有好多話要對妳說。」這麼的神來之筆！《紅樓夢》可是要那麼多章節，像量子力學的「波粒二相性」，層層樓閣變化他種藏筆，才能千古人對寶黛之愛，確定成真正「分開他倆是多麼大的悲劇！」這才是真正的「直球對決」，小說極窄能以技藝「呈現人類存在狀態」的罰球線起跳，滯空飛行灌籃的大師出刀。

「情不情」、「情情」、「樂而不淫、哀而不傷」、「如得其情、哀矜而勿喜」、「有有我之境、有無我之境」，張愛玲的「超級大腦」，有太多她的高貴家族祖先更精於把玩這一切「情之發動的品器高低真假之辨」，她的「反叛」在於將這一切「雷峰塔裡鎮禁著，或她少女時期看著那怪異父親、飯後如關於獸柵中，來回盤桓背誦八股文，應該是對家國、士大夫寵辱、宇宙人生之境界」，全押在「情」這一個電子軌跡裡。

某部分來說，整個自我二十歲接觸至今的所謂現代小說，因為早已脫離了自然，或宗教包覆住的世界，但又目擊了歐洲兩次大戰的現代機械殺戮之恐怖，以及意識形態竟可以讓上千萬人瘋狂、大規模參與大屠殺……乃至戰後，電影、電視、現代大城市摩天大樓如雨後春筍、極度資本主義造夢、只刺激人類欲望中樞的奇技淫巧……現代小說，確實慢慢的，脫離了那可能幾百代讀書人，在一種電燈、電車、鐘錶、電話……都還沒發明的，光暈緩慢之境，探索、玩味、跳空直接與「時間」盤桓彎折出哀感的審美大卷宗，被放到一邊去了。很難得再出現二十世紀上半葉，身負各種或許非實用的藝術、文學、詩、音樂教養的「全人教養者」，恰好跑來寫小說。我二十歲加入對「小說」這件事的激情和憧憬，那時我身邊認識的同樣視小說為「人類的觀測儀」的青年，心中的英雄，已變成寫《百年孤寂》的馬奎斯，和他那些拉美小說天才同伴們了。他們必然在大學畢業後，窮到一條褲子穿一年不換，最重要是當記者，以一種半人類學家的方式，採錄巨量的（尤其是這種第三世界國度）社會、政治、奇聞異事。再來就是像寫《玫瑰的名字》的艾可，寫《魔法師》的符傲思，寫《屈辱》的柯慈，本身就是大學者，或文學系教授。

小說，可能和它所反對的這個，失去靈魂的，巨大貪婪怪獸的世界，不知不覺的朝向同一方向演化：有效率的重量訓練、調動所有在搏擊時會高強度使用的肌肉。甚至，如卡爾維諾在《如果在冬夜，一個旅人》中所寫：一篇小說其實已經是「一場性愛」，那種銷魂、激爽、各部分各同奏鳴、集中朝大腦中樞持續加強的性高潮而旋轉上升。也就是說，像世鈞與曼楨，在張口要不要說出「喜歡」的擱置不前，可能慢慢幾代人失去分辨其優劣高下真假，在悲劇降臨前，感受那靈動、不安、互相依靠之情的能力了。想想韋勒貝克那性愛派對，多人互軋的大型場景，但似乎仍可保持尖銳、電流般，追問他所處文明的孤寂。

偷情的這個人心劇場，真的是每一個稜切面都是充滿創造力的好戲啊。欺騙，或關上門，門外是你我原來正常世界所有的人群，我們一旦「偷情」，就得一起蹲進這「所有流動時間之外硬生生孤立的一截只有我倆知道的時光」……

戴綠帽的男人

年輕時有一段時光，我非常喜歡讀井上靖的小說，不只是他名氣最大的歷史小說《敦煌》、《天平之甍》，或我視為「啟蒙十大」中之一的《冰壁》，包括他一些其實很像通俗小說的《青衣人》、《黑蝶》這幾本，如今多年過去，我皆弄混了其中的情節，但年輕時的我，在他許多部小說中，會像發現胎記，或極個人風格的刺青，「心為之蕩」：即他非常會寫「偷別人妻子的男子之幽暗心境」；同時，比較少著墨，但一出場淡淡幾筆，那些「其實知道自己戴了綠帽子的丈夫」，像對偶的正負電子，他寫得皆極傳神，甚至哀傷。需知我讀這些小說的年代（以及這些小說寫成的更早年代），性或愛情的忠貞，在這社會上仍是一種「鈍重、沉默的集體封印」，當然可能在年輕的我不知道的社會不同角落，有各式各樣的風月、風流、男女真情假愛的湍流，或祕溪，但整體上，它和政治祕辛一樣，屬於「大人眼色警覺的悄悄話」。絕不像現今，網路加乘，狗仔雜誌幾番興衰，加上媒體每日（或甚至是幾小時為時段）為搶點閱率，大大小小的明星雞飛狗跳，隔空互戰的分手、劈腿，我想對如今年輕人來說，「偷情」其實失去了它在像井上靖這些小說中的，「絕望的詩意」，那個「不倫」的重擔，乃至偷情男女主人翁，被壓縮在一極寂靜、孤立的密室。老調重彈，即是，「那件事」的不能承受之悖德，被社會除魅了，於是原本某些小說中，靜靜的偷情，甚至像看大滑冰場上，一對雙人花式滑冰的男女選手，眼神對看，做出搏命、高危險的拋摔、空中拋接，或一起三轉跳同時落步，一起並排飛燕抬腿旋轉……那樣不容許一絲出錯的「共謀性」。甚至有時這個偷情的男人會旁觀、詫異那和他在一起如此柔弱深情的「別人的妻子」，在說謊欺騙她丈夫時的面不改色、泰然自若，而內心暗驚。

這種「偷情的二人，不，三人探戈」，最極致的藝術品，當屬品特的劇本《背叛》。真是絕了，劇本結構採一種時光倒流的方式，第一幕是這對當年偷情了好一段時光的男女，後來分了，多年後又在酒吧相遇，禮貌的互問對方的伴侶、小孩（都長大了）……然後一幕一幕倒轉——最後我們發覺他們背叛的，或被背叛的，其實是「時光」這玩意——偷情男和那綠帽丈夫是最好的兄弟、事業上的伙伴，但我們是倒推著去看，偷情兩造，如何在這「雙人密會」（他們偷偷在他處租了個公寓），一種疲憊、厭煩、激情不再、各自某次失約，而終冷淡、冷靜的提出分手（結束這本來就隱藏在各自正常人夫、人妻身分之外，多出來的貪歡關係）；然後繼續倒敘，最精采的一幕，是女人的綠帽丈夫，因為某個破綻發現了他最好的哥們和他最愛的妻子有染，一場夫妻間既閃躲，一方若無其事、步步追問，其實戴了綠帽的羞辱，但又保持一種恐怖的自控性（可側看出這男子之所以失去妻子之愛的偽善和城府）；到這幕最後，女子終於攤牌認了，但怪的是按劇本倒敘，所以我們之前讀過的章節，這個偷情男在不知他的好兄弟（也是他事業上的老闆）已知情的狀況（那妻子沒把丈夫已知之事告訴情夫），他們還是繼續幽會了一、兩年。

時光再倒敘——這裡我不多說了——劇本來到最後一幕，事實上也是這對偷情的男女，最初，在女人還是忠貞的妻子，某個尋常的家庭晚宴，間歇的後邊廚房，這偷情男（他是這對夫妻婚禮的男儐相）溜來，他倆獨處，他對那時應算是他嫂子的女主角，說出了一段我至今讀過最美的，最不講理的情話告白：

「妳是那樣的美。瞧瞧妳看著我的那個樣子！」

「我……並沒有在看你呀。」

「瞧瞧妳現在看著我的那個樣子。我被妳迷住了，我完全為妳傾倒了，妳就像一塊耀眼的鑽石，讓我眼花撩亂。我的寶石啊，妳讓我神魂顛倒，再也無法安睡了，不，不，聽我說，這是真的，我路都走不動了，妳聽過空虛王子的故事嗎？他活在那一切如此空虛、茫然、寂寞的國度……妳知道這空虛王子的痛苦嗎？」

「我丈夫就在隔壁。」

「所有人都知道……可是他們卻永遠也不會知道他們是在另一個世界裡。我崇拜妳，我已經瘋狂愛上妳了……我不能相信，大家此刻在談論著的那一切是已發生的，不，一切都是幻覺，唯一發生過的就是，妳的眼睛，要了我的命，妳太美了！」

這裡就不贅敘了。但總之，偷情的這個人心劇場，真的是每一個稜切面都是充滿創造力的好戲啊。欺騙，或關上門，門外是你我原來正常世界所有的人群，我們一旦「偷情」（刑事上叫「通姦」，社會義理叫「不倫」），就得一起蹲進這「所有流動時間之外硬生生孤立的一截只有我倆知道的時光」，這之中的激情，為何值得這對男女從此活進說謊者時光的魅惑，某部分它也不須為正常男女婚姻對價關係付出太大的成品，幽會完各自回去有各自如常運轉的生活機器：孩子、親人、工作、公開社交的身分……這真是把現代社會（或許是小布爾喬亞的沉悶、僵固生活動線）男女，所可能創造於「愛情的冒險」，但其實構築在情詩、謊言、不安全的刺激感……穿刺到極致。

但我這裡其實想講的，是格雷安．葛林的《愛情的盡頭》。葛林是一個太複雜、太了不起的小說家，我年輕時讀他的《喜劇演員》、《布萊登棒棒糖》、《事物的核心》、《沉靜的美國人》……每本都如同鑿開我的「第三隻眼」，當時他被介紹給台灣讀者，是以「天主教小說家」的書系策畫。因之，當時閱讀的過程，確實多加了不同角色，他們身後一種如大教堂聖光垂灑，但反差出來的臉部「罪人」的暗影效果。不同的背叛、不同的犯罪、不同的惡，這些人物後面帶著更曖昧厚重的祈禱、告解光暈，或一種不只在人間法，而是朝向神性、神之愛的誓約、褻瀆，或怪異的因善而惡，這樣多出幾個音階的足踏琴鍵而上。他同時是一個推理或犯罪小說大師，又深諳莎士比亞那種英國人的世故、譏誚、幽默、冷酷，所以他的每一部小說都像領一頓聖餐那樣「百感交集」、「涕泗同時顫抖」。

但單獨講到「偷別人妻子的男人」的嫉妒、「在暗影中發狂的占有欲」；然後那個「在背叛丈夫的暗影，真愛守貞這個共犯情夫，卻屢被不信任的女人」（二重性的「蕩婦」同步，真假在她身上的懸繩操控拉扯），以及那個「像小孩一樣的綠帽丈夫」（竟然和這偷情男人成為摯友），在葛林的這本《愛情的盡頭》，真的是絕了。它給年輕時的我，帶來靈魂深深的震盪，即：「偷情」的人心劇場，絕不是像《水滸傳》或《金瓶梅》裡潘金蓮、西門慶、武松、武大郎那樣「奸夫淫婦」的，虐殺結局的傳統小說某種掩蓋過去的性暴力，甚至不像我們熟悉的張愛玲筆下的曹七巧、白流蘇，顧盼生煙、撩撥話語的舌頭像蓮花之瓣，女人關係網絡間的仇恨、暗下抽刀，其實都是把舊式婚姻，當作只能一次性梭哈的經濟大運算。事實上，即使到我這個年紀，我在我的時代，遇見某幾個都會摩登女性，其實學歷傲人，社會地位、經濟底子在許多人之上，感情閱歷、大腦智商都遠高於張愛玲筆下那些女子，但她們仍會自我戲劇化的，噴口煙，說出《慾望街車》白蘭琪那句經典台詞：「我總是依靠陌生人的善意活下來的。」

葛林的《愛情的盡頭》，我想講的，還是「偷別人妻子的男人」，這個不可思議的「地下室熄燈後，用手電筒光束照射手指之舞，在牆上打出的影子劇場」。這個偷情者，卻比一個正常的丈夫還要多疑、嫉妒，也就是對他愛的這個女人，「既然可以有我這小三，那必然還可能有小四、小五、小六」，他竟然出重金請專業偵探去跟蹤、監視、拍照他的地下情人。這種對愛的黏著性，在這樣故事框架下的角色設定，實在是鬼斧神工！愛真的是一件，不論當代心理學發展得如何龐大，地下幾十層礦穴祕道，愛仍然可以如鬼魅自由流淌、影影幢幢，讓人感受那陷於愛者的瘋狂與痛苦。

這個深受嫉妒、活在「莫名被不愛了」地獄的地下情人，在這個不可思議的故事，或說人心，或說確實像小說家相信的神，祂安排的，與希臘悲劇毫不遜色的回力鏢，從幾年後重重擊打他的後腦杓，不，靈魂的，除了顫慄、合於「永恆」這個詞的懲罰，無處可藏身的「只剩下我的空房間」。故事是這樣的，在一九四四年二月，他們（這對偷情男女）在公寓做完愛，但公寓被空襲的炸彈爆炸成為瓦礫，這個男主人對於自己經歷那爆炸時間，好像記憶經過某人的剪接，原本他覺得「好像有人把一隻冷冰的拳頭抵到我的臉頰上……我的心有片刻空無一物，只有一種像經過一段漫長旅行後的疲倦感。我毫無對莎拉的記憶，也完全沒有焦慮、嫉妒、不安全和仇恨。我的心像是一張白紙……」但等小說下一段，他寫到「當我的記憶果真恢復後，卻不是這樣了。我首先發現我仰躺著，逼在我整個人上方而且擋住光線的是大門，某個別的碎裂東西把門吊在那裡，距我只有幾吋遠……」

初次讀這本小說的人，在這段落間的描述很輕易會跳過，那整個公寓都被炸成瓦礫了。他走上之前和莎拉一道的房間：

她很快轉回頭，恐懼的盯著我。我還沒意識到我的睡袍都破了，沾滿了石灰粉，我的頭髮也因為蒙上石灰而變白了，我的嘴和臉上都有血。「噢，天主，」她說，「你還活著。」

「妳的話聽起來好像挺失望的。」

事實上，等讀這本小說到最後的讀者，才會震撼、佩服葛林像鐘錶匠極精密（那種頂尖手工藝師才可能的，那麼微細的布置、回應後面翻轉真相的「無人知曉的神祕時刻」）。年輕時的我像催眠般讀過這一段「他倆在幽會時，那公寓被空襲炸毀」，而後，便同理、接受（葛林筆下角色的第一人稱自白，太有感染力了）小說從最初就開始的陰鬱，「突然被不愛了」，這個原本和他偷情的女人，沒有任何理由，關閉了他們之前作為共謀的，那偷情的祕室。他不知道自己犯了什麼錯，她離開了，當然這就啟動了前大半本書，他的猜疑、嫉妒（包括找私家偵探去跟蹤她），一定是另有了新歡。

其實這女主角莎拉，已進入一種像枯萎蒼白死去，抽離開水杯的玫瑰，我們要到她死去，這偷情男子參加完葬禮，收到了那私家偵探交給他的，這女人的日記，主要是，從這女人的孤立之境，她是向上帝許了一個自己都無法承受的願——該說是交易。在大轟炸那天晚上，她尋到被炸成廢墟的地下室，她摸到了情人的手臂，事實上那已是死人的手臂，於是她對上帝說：

> 我願意相信主。給他一個機會。讓他活著。我願意做任何事。我慢慢的說，我願意永遠放棄他，只要他活著而有機會，我用力以指甲掐了又掐……

其實還是建議朋友去找葛林的這本《愛情的盡頭》，從頭讀原文，這是我這個系列的初衷，雖然我好像把這故事的謎底說出（現在叫爆雷），但如我一直強調的，「小說並不等同故事」。這個（以一直認為自己被棄、被不愛的男主角來說，通俗劇的感情算「豬羊變色」）簡直比任何愛情詩劇更催人斷腸的，「最深刻的愛」，讓年輕時的我「渾欲不勝簪」、「座中淚下誰最多？江州司馬青衫濕」，就是人世男女之愛，可以和對上帝之愛，形成對峙、換取、犧牲……日記中另一段讓我震動的話是：

我在學校裡讀過一個國王的故事，是許多個亨利國王當中的一個，就是他讓人殺了貝克特大主教的——他看到敵人把他的出生城市燒毀，於是發誓說因為上帝對他做出這種事，「因為禰搶走我最愛的城鎮，這個我出生而且長大的地方，所以我也要搶走禰最愛我的那部分。」我竟然會在十六年以後還記得這段禱告，實在是怪事。七百年前一個國王騎著馬發誓，而此刻我是在畢格威市的一家旅館裡禱告。主呀，我要搶走祢最愛我的一部分了。

原來是這個傻女子，她對情夫的愛超乎他能理解，她真的在那場空襲炸彈爆炸後，斷瓦頹垣看見他已死去的屍體（真尷尬，這是在他們偷情的公寓），她進入到小女孩跟上帝禱告時的虔誠、瑟瑟發抖，然後想要求神將死去的情人交還活著的世界，她知道要用一件自己最珍愛的東西，去交換這個巨大的神蹟，於是她向那無所不能的神禱告：「只要禰讓他復活，我願意此後再不愛他」。這就是她最珍愛的東西！而如前所述，奇蹟真的出現，然後她信守和神的約定，如小說前大半，從這善妒的情夫的感受，她莫名其妙冷淡、和他分手，也就是遺棄他。

如層層垂掛的玻璃鏡面之林，或如這種假說，如果投射一束光，在這萬鏡之陣中的其中一面，不斷交遞反射，最後會否因這樣無限來回折射造成的時間差，或某種延遲，使得逝去的昔時，能朦朧浮現，「栩栩如真」。

把被攫奪失去的，重新創生出來

我非常愛的，且在許多地方提過，我那個如果有我的一千零一夜說故事，一定放在第一夜說的史蒂芬史匹柏拍的科幻片《AI人工智慧》，總之大約是一對年輕夫妻，他們的兒子遭遇了嚴重車禍，但當時的科技尚無法救活這孩子，他們遂將他冰凍起來。而當時有一家大企業，推出一款讓無小孩之家庭代用的「AI機器人小孩」，事實上它的外觀、皮膚、臉貌都與正常人類小孩無異，當然某些細微的感受較複雜的情感判讀能力，仍會出現機器人的錯拍。這位喪子之慟的母親得了憂鬱症，她丈夫想安慰她，便訂了一隻這樣的AI機器人小孩。其實這些情節我想一整代的人都看過這部電影，無須贅述。但總之一隻機器人小男孩，它不可能替代一個真實男孩在母親中的那傷洞，這裡出現一個我們後來在購物平台「什麼都可以買」

的混亂價值，買一隻機器小男孩，它作為人類家庭中「替代性」的情感支撐商品，它竟不如貓狗，介於買一台電腦或吸塵器。所以隨著意外的好消息，醫院通知他們，最新的醫學科技，把他們冰凍的那位「真正的兒子」救活了，回來家裡。這當中當然加了些這位回家的「哥哥」，以人類的卑鄙，騙那機器人「弟弟」，要得到母親的愛，只要在半夜去剪下一綹她的頭髮，母親睡夢中驚醒，原本便歇斯底里，對這機器人男孩說不出的不適的她，和丈夫商量後決定將這「多出來的機器人小男孩」丟棄。

於是電影中我們看到一讓人心碎，類似二戰屠猶集中營的，「被丟棄的機器人的壓扁垃圾場」，AI小男孩和一位GAY機器人，結伴逃亡，他們相信只要找到「藍仙子」（《小木偶奇遇》中，最後讓小木偶變成真正人類的仙女），但這其實是一家超級企業的名字，就是當初生產、製造出它的那個科技公司。總之，它們一路找去，電影裡那場景何其震撼：當時海平面上升已將紐約自由女神淹至只有火炬露出水面，另可見帝國大廈的一段，和當年電影上映還未發生911，故而雙子星大樓仍是這片末日場面矗立的高塔，他們找到了這間企業總裁，也就是當初設計這款AI（替代人類男孩的產品）之博士。他得知這AI男孩「想要成為真正的人類男孩」，如此可以得到人類母親的愛。博士說：「看看你，你是我的驕傲，我當初設計你，並沒有預期這個ＡＩ會變幻產生出愛的能力。」但當博士暫離開之際，男孩看見了整排工廠流水線上，有數百隻和它一模一樣，組裝到一半的ＡＩ機器人男孩。它產生了自我感的崩潰，跳海墜樓。

這裡也不多說，總之它是在一小型飛行器的玻璃艙沉到海底，恰好那原是紐約中央公園兒童遊樂區的故址，在海底，他的面前，有一座（像觀世音菩薩那樣的）藍仙子的雕像。於是這個ＡＩ機器人男孩，不斷向那位童話故事中的仙女祈禱：「請讓我變成真的人類男孩。」

這之後的情節，其實是不到十分鐘這部電影的結尾，但我每回重看到此處，皆淚流滿面。字幕僅出現了一段話：「二〇〇〇年過去了，地球已經歷了第六次的大冰河期，整顆地球被冰封住，所有生物滅絕，包括人類。」也就是說，所有人類意義的歷史，全部終結了。有一天，從外太空飛來一更高等文明的飛船，他們不知怎樣，把冰凍在深海下的這ＡＩ機器人小男孩挖出，並將之修復，其中一個聲音對它說：「我們對這顆星球上，人類這種低等文明感到很好奇，他們那麼粗暴愚蠢，屠殺自己的同類，毀滅星球上所有的生態，發動核大戰，乃至整顆星球無生物存活。但這麼低等的文明，卻發明了詩歌、戲劇、小說、藝術。我們現有的科技，無法從找尋的死滅殘骸重建曾經發生過什麼。但你的大腦，是唯一曾和人類共同生活過數年的記憶體，但若取出它，你的所謂生命也將消失。為了答謝你，你可以許一個願望。」

ＡＩ機器人男孩說：「我想變成真正的人類男孩，擁有母親的愛，哪怕只有一天。」而這些更高等文明者恰在他口袋中，那撮二〇〇〇年前，它剪下的它母親的頭髮，可以「無中生有」投影如夢中造境，那活生生的一天。

於是，小男孩（這時他是真的人類男孩了）和母親，在那夢境之屋裡，像他渴盼的，母親陪他玩耍，帶他點蠟燭吃生日蛋糕，陪他畫畫。這一天的終了，那母親在床上將要睡去，對那男孩說：「我不知道這一切是怎麼回事？但我是想告訴你，我非常愛你。」

ＡＩ小男孩當然知道這即是像《賣火柴的小女孩》，最後一根火柴棒將熄滅，一切會歸於空無。但我深受感動的是，「這一天」（終於變成了真正的人類，且終於感受到了母親的愛），是孤立於，二〇〇〇年前就全部死滅的，那不再有「時間」的，但奇妙被創生出來的一天，而且，高端外星人藉以轉換這「愛的一天」的，正是當初造成ＡＩ機器人男孩被遺棄，那一綹它剪下的母親的頭髮。沒有比這個更能給予任何一位憑空說故事的小說家，更大的啟發了。

其實我想談的，是董啟章的長篇《愛妻》，但前面的引言太長了。

董啟章從《天工開物．栩栩如真》起，一直在華文小說中，獨步有一個他創造的「祕密幻艙」，也許可以類比德國小說家麥克安迪的《說不完的故事》中的「童話國」（包括那個等待，召喚書本外面的某個救世主，來拯救她的「孩童女王」），或是村上春樹，我個人最喜歡的《世界末日與冷酷異境》，那個安靜、怪異、哀傷，原來是藏在主角腦中永恆閉鎖的「末日之街」，但是當像董這樣一個博學、早於同齡人便開出極大格局的巨構，且每本都在「發明」，充滿小說意識的創造者，他在不同時期的長篇（各自都有極複雜的，對文明、時間、城市史、愛與自由、創造的後設倫理，所交涉的不同學科龐大書單），那麼偏執的，不論是佛經的心，現象與物自身、莊周夢蝶，乃至晚近的「科幻小說」化，牽涉的極專業的AI人工智能、腦神經科學、缸中之腦，全息投影乃至可能造出一死去作家的AI智能，以他的思維龐大縱橫交錯的模組，寫出完全無悖這作家「應該寫出的小說」的實驗室操作……於是，他的那個說不出夢幻、卵形（套馬華小說家龔萬輝的書名）、幻艙（套台灣小說家高翊峰的書名），那個內部出現，可能是川端的伊豆舞孃，又可能是納博科夫的蘿莉塔，但其實更是董自己簽名的「安卓珍尼」的那個陰性的自我。但我今想講的這本《愛妻》，那個「由我所創造，被我遺忘在無意識之祕室，似真似幻，現代版的『警幻仙子』，與這個我進行愛之辯證的盤桓、曖昧，甚至療癒的少女神幻艙」，真的被小說家讓人目不暇給的指法，演奏出如湯顯祖所說「情之所至，死可以生，生可以死」，心為之蕩，且對「死亡之殤」可以有一如前面講那電影《AI人工智慧》的機器人男孩，在「無一時可立足」的死滅空無之境，讓人看見「小說」的創作之美。如層層垂掛的玻璃鏡面之林，或如這種假說，如果投射一束光，在這萬鏡之陣中的其中一面，不斷交遞反射，最後會否因這樣無限來回折射造成的時間差，或某種延遲，使得逝去的昔時，能朦朧浮現，「栩栩如真」。

《愛妻》這部小說，有一華文小說可能之前尚未如此完美，形式即內容的技藝：「不可靠的敘述者」——這部分世界小說中以石黑一雄示範得最像花式滑冰場上的，完美的四圈跳躍，不論是《長日將盡》、《群山淡景》、《浮世畫家》，皆是敘事者沉靜，無有情緒激動的回憶，我們到小說最後，才駭然發覺，他所敘述的往事，有最重要的一塊真相從頭就被抽掉了——未必是說謊，或犯下大錯者的修改事件面貌，亦可能是巨大的傷痛，造成敘述者記憶的斷片。這在小說書寫上，有點像將手放在一隔板，只看得見那端的鏡子，倒反著畫圖，不，比這難上百倍！小說一開始，就是一個氣質、性格，和董之前小說中的「我」極近似，孤僻、安靜，但作為師長極溫和、耐性，可以不厭其煩和程度極好的學生輩，援引群書，談小說創作。但這書中和真實中的董啟章與夫人的角色顛倒了。這個「我」，成了「小說家的丈夫」，妻子是一位知名小說家（非常可怕的是，董啟章煞有其事，替這位書中的「小說家妻子」，杜撰出一本一本，她曾寫過的小說）。且在這小說中和「我」關係甚密的，另一次扮串「栩栩」的少女，雷音，正是論文作這位「小說家妻子」作品研究的研究生。

我不知道讀者會否被我這番簡介弄暈？事實上，進入這本小說，「我」的敘述，一切那麼尋常，「小說家妻子」拿到一個寫作計畫，到英國劍橋大學待一年，「我」於是獨居於他們在香港那種超高大樓中的公寓。這之間隨著章節穿插，是一封一封妻子從倫敦寫來的信，這些信像兩個文學知己的對話，不像尋常夫妻其實在時光磨蝕中的簡短、交換日常訊息。這「小說家妻子」寄來的每一封信，都是文學品味極佳的談論一些最近讀的小說。這其中像鐘錶內部精密卡榫機件的「戲中戲」，長篇幅的談論英國作家朱利安拔恩斯的小說，他懷念亡妻的小書，他寫蕭塔科夫斯基的，他談托爾斯泰的演講小書。最讓人震撼的，便是講到拔恩斯的小說《回憶的餘燼》，這裡我就不再複述了，但真的是一個非常讓人震撼、詫異的「不可靠的敘述」的示範。

我想再強調一次，這種霧中風景，敘事本身的詩意，說不出哪裡如鴿子耳半規管被實驗室摘掉了，「形式即內容」的靈性，絕非好萊塢電影或美劇那種「好人／壞人／翻過來翻過去」的狎玩故事邏輯，這個小說在第一層面——妻子不在場，在遙遠國度，但每幾天會發信給這位生活狀態近乎鰥夫的丈夫，談論拔恩斯這位英國小說家的不同作品——是的，我想任何讀者讀到全書中段，都會意識到，這個丈夫身邊持續發生，說不出哪怪的斷片，以及那個像是想趁虛而入，進占妻子（恰好她的論文全在研究這位女小說家的作品）不在場位置的女學生，卻在許多「我」描述可能失控，造成對方難堪的狀況，她幾乎都是說：「阿蛇，你還好嗎？」我們慢慢回應了自己一路閱讀下來的感受：是的，這個「我」在他人眼中的形象，或那敘事綿綿不絕的哀歌氣氛，他是個鰥夫啊！

所以說，作為旁觀者的讀者我們，閱讀的這位「不可靠的敘述者」，獨自在一棟高樓中某一間房內，安靜的生活，妻子只是一年不在場，且持續會從劍橋發信給他，談論著拔恩斯這個小說家。而他身邊的一對小情侶研究生，其中那個女孩，像董之前小說中的「栩栩」、「心」那樣的AI少女機器人，不，更像是從「我」靈魂中，像宙斯的腦中的雅典娜，所誕生出的，「療癒少女神」。另外，他持續的遇見一個神祕的怪人，自稱在一家「大腦神經元與電腦大運算結合」的公司，他們以確實現代AI科技半明半晦的技術隱匿區，談到極大可能將一位已故作家的生前全部著作、書信、日記、隨筆，全輸入到AI中，而能仿生出一個這位「死者」的意識，以這意識繼續創作出「如果這作家繼續活著，必然會寫出的作品」。事實上，在後來的章節中，「我」確實也和按這理論成功造出的一個香港已故老一輩作家葉靈鳳的「意識」相遇、談天。

種種如棋盤布局的靈活支援，像原先只是小裂隙的，「另一個世界的真相」，裂洞灌水愈多，「不可信的敘事者」，「我」關於身邊諸人的敘述，愈劇烈的發出另一種版本的發言。我們慢慢重建我們一路閱讀惘惘威脅、不安，被那迷霧森林背後的巨大悲劇：是的，這個丈夫，「我」口中的那位女作家妻子，可能在這小說開始前已死去，他在一種巨大、不能承受的刺激下——像前面提到《AI人工智慧》電影中那個機器人小男孩，重新發明了「妻子仍活著，只是到英國劍橋大學交換計畫一年」的另一種可能。

而那個古靈精怪，一直像「想僭越妻子、模仿妻子」，論文恰正是研究妻子全部小說作品的女學生雷音，其實一直是像大江健三郎曾說「某種帶著護士性格的女性」，她和男友一起當（他們眼中那個真實，老師經歷了不能承受的喪妻之慟）療癒者和救助者。但因為「我」（即他全部的敘述）仍沉浸在「妻子只是遠赴他鄉一年」，一種抑斂、智性的思辯與「他創造出來的那個仍活著的妻子」，持續來信談論拔恩斯小說（恰這些小說或文章也是上窮碧落下黃泉在思辯人與至愛之人關係或靈魂提升的不同展開），乃至於由女孩的男友寫來的一封激憤痛苦的長信，指出他的女友雷音，「為了治療老師您，和您發生了兩次肉體關係……」

「我」在自己不知情，「不可靠的敘述」，奇遇的記憶斷片、跳接，那些恍惚記得的性愛、激情，竟是和多年前早已分手的女友，但一切事後的搜尋，以及時間的銜接，以及這個「前女友」根本沒有留下他以為的手機簡訊對話。

「我」成了利用自己的創傷症候群，一種「記憶的液晶態重構」，無知的傷害一旁想療癒他的這個少女雷音，和她的男友。而在他的祕境裡創造的那個，「仍靈動，如葉靈鳳以AI技術重生的意識的妻子」，在給他的談論文學的長信，似乎也埋下影翳般的提醒、靈魂深度的對話。於是董啟章像魔鬼剝筋師，整個將「哀歌」的迴旋、悼亡、哀傷之體例，非常奇幻的翻轉成「反重力」、「反物質宇宙」、「負函數」的「倒過來的感覺」。

年輕讀者，如果耐著性子，像翻轉一枚魔術方塊，將沈從文〈丈夫〉這篇小說，左轉右擰裡外讀了個透……那個陀螺儀又出現，不可思議在人世的艱難、破掉、墮落，但其實又像光天化日下一個白日夢，一個呵欠，多出了那麼一截神祕的，靈動且「不驚動地基主、不翻控祖墳」的人世體會。

練習一種陀螺儀

沈從文的短篇〈丈夫〉，是我年輕時，懵懵懂懂，讀了覺得真好，過了幾十年，有一定人世閱歷了，讀了還是覺得「怎麼那麼好」，像集郵冊裡，某一張最有收藏價值，但每隔許久，用鑷子夾起，細細端詳，那個用色淡雅、用色圖案簡約，但永遠讓你心中對「這件藝術品真是靈」那種安定、嘆息。這裡借它來講「他感」，因為那真像是一件被捂透了，把玩到像帶上皮革感，但又溫潤晶瑩的小竹雕。故事並不複雜，就是個鄉下的老實丈夫，到城裡河邊那種「妓船」探望自己鄉下來賣身的妻子！

這種丈夫，到什麼時候，想及那在船上做生意的年青的媳婦，或逢年過節，照規矩要見見媳婦的面了，自己便換了一身漿洗乾淨的衣服，腰帶上掛了那個工作時常不離口的短菸袋，背了整簍整簍的紅薯滋粑之類，趕到市上來，像訪遠親一樣，從碼頭第一號船上問起，一直到認出自己女人所在的船上為止。問明白了，到了船上，小心小心的把一雙布鞋放在艙外護板上，把帶來的東西交給了女人，一面便用著吃驚的眼睛，搜索女人的全身。這時節，女人在丈夫眼下自然已完全不同了。

我引這一段原文，就是想循小徑引進這篇小說（不論人生哪個階段想起，找出重讀），那種如沈從文在一開頭說的一句：「事情非常簡單。」有太多好文章討論過沈從文小說的淡筆，人在再悲慘的時代，還是放在一幅像山水畫、田園畫中，或像侯孝賢導演的「長鏡頭」從而自然形成的抒情性。但我在這想談談，沈從文這個小說家，可以在極窄的空間（就是那艘妻子平日在其上任那些市井男人「幹那檔事」的小船上），不長的時間，極有限的幾個出場人物（丈夫、妓女妻子、老鴇，一個叫五多的小丫頭，一位在這一帶圍事、保護這些船妓們的老水保），他可以將人心那麼繞指柔、又像有只陀螺儀在極小的桌面一角打轉，把原本該是「屈辱」，或像張愛玲、魯迅，這些同時代第一流小說家，同樣廁身從這些最底層、舊社會正捲進戰火，同樣是「詠春拳——擅長人和人貼近肉搏、極小空間裡的迴旋、隔擋」高手，都會拉高更尖利的調門、戲劇性（想想〈祝福〉，想想〈金鎖記〉），但沈從文可以在這些窄仄的，直見屈辱，那層薄紙根本不用戳，便皮影戲的，像結手印，刷刷刷，幾個回合，便將這樣一截「人類存在的某一種靈性之光」，那麼如那丈夫剛上船的小心，輕聲細語、彆屈又不擅表情達意，沈從文像一個神奇的吹玻璃工匠，在極小的迂迴空間裡，造出那透明、人世之哀、人世之卑微，但又窸窸窣窣，故事中人物彼此之間的「察言觀色」，年輕時的我讀了，若是讀進去了，會有一種如同菩薩在我腦門，點開多一隻眼的靈悟、體會。「是了，若我也在那個小小的船艙，我就是那丈夫，我會如何感覺。」不只是對自己妻子的既愧且彆屈，自己也得收下妻子被那些混蛋酒客糟蹋然後攥給他的油污票子。

這種「陀螺儀」的難處，在於它是動態的，且持續在這幾個小小人物之間，輕盈的變換，靈敏感知到對方內在輕微的傾斜，而做出在這樣挨近，幾乎是「所有角色都在舞台的暗影區」，像漣漪那樣傳導、互動著。

最難堪或最屈辱處，便是到了晚上，船上來了嫖客，自然是喝醉了，粗聲大氣、醜態百出的吆喝。小說寫道：

這丈夫不必指點，也就知道怯生生的往後艙鑽去，躲到那後梢艙上去低低的喘氣，一面把含在口上那支捲菸（之前這妻子塞給他的，多麼時髦新奇，此時立刻能體會這些城裡新鮮玩意，是怎樣的妻子作為性玩物時的配贈之物）摘下來，毫無目的地眺望河中暮景。夜把河上改變了，岸上河上已經全是燈火，這丈夫到這時節一定要想起家裡的雞同小豬，彷彿那些小小東西才是自己的朋友，彷彿那些才是親人，如今與妻親近，與家庭卻離得很遠，淡淡的寂寞襲上了身……

這自然是這篇以這樣一艘（與周遭許多艘同樣功能的小小妓船一樣）極窄，且漂浮河上的「輕舟」，無法卸除到他處的內在「靜靜的暴力」。但沈從文輕筆帶過，反而將「陀螺儀」放在，第二天白日，那個這一帶舟妓的類似乾爹、保護主、圍事的水保，跳上這艘小船，熟悉的喊著「七丫頭」（那個當船妓的妻子原來在這都被喊「老七」），又喊老鴇、又喊小丫頭五多，沒人應（她們去廟裡看戲了），但船艙裡，暗處躲著個人，這霸氣的水保生氣了，大聲問：「你是哪一個？」

這個如小說篇名「丈夫」，但被掏空了世間這個身分一切真實性，像倒過來的鬼魂的男人，又虛又怯回答說：「是我。」

於是，我說的，那對一個年輕小說讀者如此珍貴的「他感」，一只看不見的陀螺儀，在這兩個萍水相逢的男人對話間輕輕轉動。

丈夫眼中見到的水保，「先是望到那一對峨然巍然似乎是為柿油塗過的豬皮靴子，上去一點是一個赭色柔軟麂皮抱兜，再上去是一雙回環抱著的毛手、滿是青筋白毛，手上有顆其大無比的黃金戒指，再上去才是一塊正四方形像是無數橘子皮拼合而成的臉膛。」

「這男子，明白這是有身分的主顧了，就學到城市男人說話，說，『大爺，您請裡面坐坐，她們就回來。』」

我真想這樣一路抄錄小說原文，因為這樣的小說，不，播放，耐性的，人世如夢，就是這樣透過水保眼中的這丈夫，這彆屈丈夫眼中的水保——別忘了我說的，那一直在輕輕轉動的陀螺儀——他們在一種，這樣窄仄場景設定的，黃仁宇說的，大小說中的三種關係：男女、經濟、死生，恰好全懸擱於其外的，於是他們產生了一種，在這樣原該是戲劇焦點之外，或過場的，但卻近乎男人間友情的交談。

這位見多識廣的老水保，以他的「他感」——沈從文寫道，因為老七平常喊乾爹，這乾爹第一次認識了女婿，不一會兒，兩人皆爬進艙中了——以話引話，虛空中造出浮橋，讓這彆屈的丈夫、鄉下的老實人，能夠安心說出許多，他熟悉的、鄉下的、栗子的、犁具的、小豬搗亂、石匠的小鐮刀遺失多年又找到了……這許多原本「只合於同自己的媳婦睡到一個枕頭上商量的話，竟毫無拘束的說給這老人聽。」

水保臨走，交代這丈夫：

「告她晚上不要接客，我要來。」

「不要接客，您要來，」

「就是這樣說，我一定要來的。我還要請你喝酒。我們是朋友。」

這樣的交代，多麼怪，多麼尷尬，但老水保和這氣弱丈夫，因為有了這一段兩人在小船艙裡，胡亂散談鄉下故事的交情，竟在原本應該的悲慘亂世、鄉下婦人到城邊體污之河、小舟上賣身的，這樣故事中兩個不同角色的男人，這麼輕巧拴了個鬆繫活扣，無法準確定義這種浮生之情，便稱為「友情」。

因為這本書並不是在做「小說導讀」，我就暫打住——雖然真的之後接續的，老七、鴇母、五多回到船上，那丈夫和妻子的，無聲的內心戲；以及這晚，又來了兩個醉客，士兵，上船耍狠，並羞辱了「龜子」（那丈夫），最後還是以這妻子（同時是妓女）老七，用自己的風騷、身體，換來了平靜……這有太多可以擊節歎賞，分拆解說的——回到初始的提問，一個二十多歲的年輕讀者，如果耐著性子，像翻轉一枚魔術方塊，將〈丈夫〉這篇小說，左轉右擰裡外讀了個透，那是否在他原本內在並不具備的，一種現代智人大腦區域中特有的，預留給判讀空間狀態裡，幾個不同的人類，在某種特殊關係，他們可能兜轉出怎樣的「對身邊不同的他人之感覺」？一種與觀看過希臘悲劇後，所謂的「悲憫與恐怖」不同的尺度；又與讀通俗小說那不斷延擱的懸念和欲望，最終都能得到滿足……完全不同的，某種小小的，那個陀螺儀又出現，不可思議在人世的艱難、破掉、墮落，但其實又像光天化日下一個白日夢，一個呵欠，多出了那麼一截神祕的，靈動且「不驚動地基主、不翻控祖墳」的人世體會。那是和同樣在那年紀，讀太宰治的《人間失格》、杜斯妥也夫斯基《卡拉馬助夫兄弟們》、福克納的《聲音與憤怒》，完全不一樣的某種情感教育哪。

魯迅的哀憫同時是倒鉤插在同樣作為旁觀者的「我們」的詫異。因為那種如煙裊繞、細細漫散的「說不清」、缺乏第一義的對暴力的起身反抗，到今天的文人、知識分子，仍是朦朧、算計，甚至以旁觀他人的巨大痛苦，煽情的假作悲傷，其實猶包裹去一巨大的八卦消費網絡裡。

旁觀他人之痛苦

許壽裳在戰後台灣，一九四七年二二八之後發生在他身上的那個悲劇之前，以台灣省編譯館館長的身分，不斷在當時台灣演說和文章發表中，「唇乾舌燥」的推廣「魯迅主義」。

什麼是「魯迅主義」呢？許壽裳說：

一是真誠。……他痛恨「中國人的不敢正視各方面，用瞞和騙，造出奇妙的逃路來，而自以為正路。在這路上，就證明著國民性的怯弱，懶惰，而又巧滑。一天一天的滿足著，即一天一天的墮落著……」（《墳・論睜了眼看》）這個真誠，是他的人格的核心之一，也就是作品所以深刻的原因之一。

二是摯愛。魯迅最富於情愛……「這好比一個醫道高明的醫生，遇到了平生最親愛的人，患著極度危險的痼疾，當仁不讓，見義勇為，一心要把他治好。試問這個醫師在這時候，是否極度冷靜地診察，還是蹦蹦跳跳，叫囂不止呢？」他對於友人，尤其對年輕人，愛護無所不至，不但是物質上多所資助，便是精神上也肯拚命服務，替他們看稿，校對稿子，希望能出幾個有用人才……這個摯愛是他人格的核心，也就是作品所以偉大的原因。

我想回憶一下，我十八、九歲時，之前對「小說」懵懂無知，突然像《愛麗絲夢遊仙境》，在上世紀八〇年代末、九〇年代初，也就是台灣解嚴前後，那時到重慶南路的「天龍書店」，或是台大對面的幾家書店，像大爆炸的「小說物種噴發」。

首先：之前五十年，被國民黨政府在台灣，禁書非常徹底、清空的，三〇年代那些對島內文學讀者全然陌生（其實一些前輩們並不陌生，但對至少兩代的文學創作者，它們是全被切斷的），魯迅、老舍、巴金、蕭紅，甚至沈從文、沈雁冰……當然還有一些我當時讀了並沒法不感受其藝術性缺陷的左翼作家作品。可以說，魯迅的小說，在當時的書店，還是以一種類乎盜版書，但政府已經睜一隻眼閉一隻眼的狀況，在文青的閱讀間流傳，像狂K補足那之前全被清空的，不能談論的，「丟掉大陸之前」，曾經有一個痛苦的靈魂，在思索那個年代中國人絕望的、暴政的、集體缺乏人類愛的、像牲口一樣悲慘的，或是一個「禮教吃人」的無個人自由，一個小鎮之人全在一種前現代的心智，欺凌弱小、羞辱孤寡、躲進一個模糊的群體，一起沉淪，圍觀他人的受苦、耳語、孤立那極少數的「覺得這一切如此低等、下流」的吶喊者。這一大塊「魯迅的心靈資產」，五十年在台灣文學閱讀是清除真空的。

同時期，隨著解嚴，先是從新地出版社出了一系列當代大陸小說家，還有洪範、由西西引介，之後是麥田出版社，二十歲上下的我，第一次讀到當時也才三十多歲的，王安憶的《小城之戀》、莫言的《白狗秋千架》以及他那本驚動江湖的《紅高粱家族》，還有韓少功的《女女女》、《爸爸爸》、扎西達娃的小說、陳建功的小說、馬建的小說、李銳的小說、賈平凹的小說，當然，還有當時身旁文青有一批真的像迷張愛玲小說的，迷蘇童、迷余華、迷葉兆言……

這同時，因為出版的大爆炸，二十歲的我（與同輩），同時整片書牆接收了新潮文庫的那一大批川端、三島、芥川、卡夫卡、海明威、索爾貝婁；或允晨的馬奎斯諸多本長篇小說，東歐小說選、拉丁美洲小說選、法國新小說選，包括對我如雷打下的巴爾加斯．尤薩的《胡莉亞姨媽與作家》；還有光復書局出了一套精裝本的「當代世界小說家讀本」，有八個非常強的學者逐本導讀，並附上作家年表，我最初知道聘瓊、巴斯、波赫士、太宰治、大岡昇平、雷莘、符傲思……全從這套書啟蒙。同時商務印書館也出了極重要的幾套書（包括波赫士全集、童妮．莫里森的小說）。大約兩、三年間，時報出版社出的昆德拉、卡爾維諾、葛林的小說群，每一本都是當時文青的必收藏書，有一家星光出版社，則是不停歇的出夏目漱石、川端、更全面的日本小說。另有一家桂冠出版社，非常老派的出了葛拉斯的《錫鼓》、吳爾芙、喬伊斯、福樓拜的《包法利夫人》、福克納的《熊》、紀德的《偽幣製造者》、卡夫卡的《審判》、沙林傑的《麥田捕手》……

當然還有當時的遠景，那幾本厚厚的，貧窮的我全部收集，便覺得富可敵國的杜斯妥也夫斯基的《卡拉馬助夫兄弟們》、《罪與罰》、《地下室手記》、《白痴》、《少年》、《附魔者》……

那真是個台灣的「小說大爆炸黃金年代」，應該持續了十多年，還有後來大塊持續出的那一本本重要的世界小說拼圖，赫拉巴爾、奈波爾、魯西迪、韋勒貝克……啊，族繁不及備載。還有小知堂出的幾本柯慈的小說，還有《惡童三部曲》……

當然，後來又有渠道，在台大溫州街巷弄幾家書店，直接買簡體版的（包括我書架上的幾十本「拉丁美洲文學叢書」）。

這同時，黃凡、張大春、朱天文、朱天心、張貴興、舞鶴、賀景濱，各自在小說語言，像新引擎賽車飆到極速，讓二十多歲的我們，看到一種小說羽毛燦爛的全新物種。

我只是尼安德塔人式的囫圇回憶——你看，我還忘了，皇冠出版社當時也出了很重要的幾本艾可的了不起小說，《玫瑰的名字》、《傅科擺》、《昨日之島》、《波多里諾》——天啊，那真是「小說的極純海洛英的年代」。我記得後來有了敦南誠品，我一週去晃一下，立刻感到偌大的世界文學海洋。我那麼無知，一錯身，很後來才知道有瑞蒙．卡佛，有納博科夫，有行人出版社出的安潔拉．卡特的《焚舟紀》。有湯瑪斯．曼的《魔山》，後來，很後來，才補讀了大江健三郎（原來不是只有《聽雨樹的女人們》、《萬延元年的足球隊》、《換取的孩子》），還有《空翻》、還有《憂容童子》、《再見，我的書！》……那麼多……還有年輕時讀大江《聽雨樹的女人們》裡提到那個瘋狂的小說家麥爾坎．勞瑞的《火山下》……

這是整個台灣九〇年代，小說閱讀的至福時光。

回過頭來，我想談談在那個「萬花筒寫輪眼」的小說繁花之十年，魯迅的小說出現在，像我這樣一個二十歲無知讀者，他的小說如何獨自、清晰、鈍重的烙刻進我的閱讀之眼。

我念高四時，遇到一位非常好的生物老師，叫姜孟希，他是個高個胖子，可以讓那時對英、數、理、化，全部大腦空白，坐在課堂如鴨子聽雷的我，竟聽DNA、RNA、嘌呤、嘧啶、減數分裂、演化論，種種，聽得津津有味。有一次他說到真菌，講起他老家是江浙人，他說他家老一輩人喜歡把豆腐皮放著，讓上面像密密頭髮長上一層白毛，然後煮來吃，說那才「鮮」。後來我讀魯迅的小說，就有這種，他筆下的小鎮、徬徨，在一個愚騃、殘忍、集體踩踏比自己弱小之人，又對比自己強橫之人諂媚，但他筆下的人物、事物，總像那位生物老師說的，「事物的原貌之上，又長了一層細細的白毛」，那種多出來的陰翳、邪門，以及這個旁觀視角的「深深了解因此恨之入骨」。

魯迅贈與了，像我當時這樣一個年輕讀者，與其他的「左翼文學」（包括丁玲、蕭紅、巴金，甚至老舍）完全不同的，「只有小說才有的神靈」，而非其他人，當你同一時間，同時讀了大量的，譬如福克納，譬如夏目漱石、川端，甚至那些他們前身的左拉、巴爾扎克「自然主義」、「寫實主義」，或契訶夫的小說、拉美那些天才小說家群，你會感到一種文學性的不完美，甚至人類悲憫心的幼稚化（雖然不公平）。但魯迅完全，「陡下深淵」，首先他的小說神燈裊裊飄出「故事是這樣的」，那已是像唐傳奇裡一些極品短篇，是放在極嚴苛的藝術性刁鑽或對人性複雜的「與世界偉大小說心靈等高」之自我要求。第二是他的人道主義，是「認了」這個他所從出的群體，因而那內在暴力的痛苦，那一群在幻燈片裡看著同胞被荒謬悲慘砍頭而一派輕鬆的人群。

〈祝福〉是一篇，不論過了多大年紀，重讀，還是感到一種「自己既痛惡、哀憫那筆下人物受到的毫不見光的悲慘，但似乎又感到自己也藏身在這個旁觀人群裡，無力改變的羞恥感」，這篇小說一百年後，前陣子新聞還是發生了「八孩媽鐵鍊女」事件，根據任思梅《清末民國人口販賣與家庭生活》，各個階層的家庭、子女、妻妾、僕人、勞工、童養媳、妓女……是在各個家庭中買賣的普遍現象，這在如今的「暗影之境」仍更專業的進行。女人被輾轉拐賣，除了當買主生育的工具，以及勞動力，之後可能掉入妓院成為廉價性玩物。「一隻牛剝幾層皮」，這裡不多做詳細引述。魯迅的〈祝福〉，那個被凝視的「被污辱與被損害者」祥林嫂，可能是中國後來最有名的「無產階級群眾受難者」最有名的樣板。但若我們脫離那些中共官方由毛拍板定案魯迅為「革命導師」（也正因為他肺病死得早），沉靜閱讀〈祝福〉這篇小說，那不寒而慄的「人類共同生活其間的社會最底限『不忍』防護網」，竟像破篩子完全不存在。惻隱之心、羞惡之心、是非之心，蕩然無存。我們只看到小鎮之人，包括買主（雇主）、人口販子、街坊、女眷，人人交頭接耳，看著這個「人類被強暴、被悲慘吞噬」演劇，緩慢於所有人日常生活時光中上演，無一人伸出同情援手，甚至在這受害者經不起那接連悲慘命運之後，瘋了，故障了，他們的臉色、低語，只有覺得不潔、嫌惡。

小說的開始，是「我」（假擬一個類似魯迅的，從外面世界返鄉的，受過新文化洗禮的讀書人），在年終當地的「祝福」大典，「殺雞、宰鵝、買豬肉，用心細細的洗，女人的臂膊都在水裡浸得通紅，有的還帶著絞絲銀鐲子。煮熟之後，橫七豎八的點上香燭，恭請福神們來享用，拜的卻只限於男人……」

魯迅是深諳谷崎潤一郎那本《陰翳禮讚》中所說的，東方的一些器物、感覺、時光領悟，是在日光被遮蔽，暗影曖昧團生中，那種非強光（或電燈照明）下的魂靈之感。但魯迅將這種「陰翳」，以他特有的既反差，又淪浹、挨織在一起。受害者與不知自己即是加害者的（活在古代禮教、家族群體、街坊群體）「我們」，浸泡在同一只病菌培養皿裡。

小說開頭，在小鎮這家戶張羅「祝福」的年節氣氛，「我」遇見了祥林嫂，五年前她就已是個人口買賣如牲口的下女，但這時「我」眼中所見，這女人已像一撈渣、將熄之弱焰，瘋了，事實上是一乞丐。

女人知道「我」是讀書人，渴切的、低聲的問：「一個人死了之後，究竟有沒有靈魂？」

「我」很悚然，但又出於一種「人何必增添末路的人的苦惱」，便吞吐回答。

「也許有罷，——我想。」

「那麼，也就有地獄了？」

「地獄？——論理，就該也有。——然而也未必……誰來管這等事……」

「那麼，死掉的一家的人，都能見面的？」

總之，「我」在這瘋婦夾纏追問間，匆匆逃走，然而第二天便聽見四老爺說，這晦氣的瘋婦死了。

「死了？怎麼死的？」

「還不是窮死的。」

持續描述，雪大夜色下，人們在燈下匆忙。祥林嫂原本在四老爺家當女工，那勤快讓人們覺得四老爺家賺了，但有一天，鎮上對岸來了幾個男人，很像夫家的堂伯。

「這不好，恐怕是逃出來了。」

所有積攢的工錢全交給她的婆婆，之後是被用綁架上篷般帶走。前婆婆又把她賣了一筆錢，上花轎時，「也總要鬧一鬧的，用繩子一綑，拜天地時男人們使勁捺住她，一鬆手，她一頭撞在香案角上，頭上碰了一個大窟窿，鮮血直流……」然後年底就生了一個孩。結果過了兩年，這祥林嫂「頭上紮著白頭繩」，又回到小鎮當女工。說是新男人，年紀輕輕，卻傷寒死了。幸虧有了兒子。誰料到，村上來了狼，孩子又被狼銜去了呢？

這之後，祥林嫂遇見人，便像故障重播機：

我真傻……我一清早起來就開了門，拿小籃盛了一籃豆，叫我們的阿毛坐在門檻上剝豆去……我叫阿毛，沒有應，出去口看，只見豆撒得一地，沒有我們的阿毛了……尋到山坳裡，看見刺柴上掛著一只他的小鞋，大家說糟了，怕是遭了狼了。再進去，他果然躺在草窠裡，肚裡的五臟已經都給吃空了……

這麼慘的「被人世、命運痛擊、蹂躪」，但魯迅作為小說家的偉大，在於這「在人們目睹著落單的她被看不見的暴力徹底摧毀」後，竟是對她重覆逢人便說一次那小孩「五臟都已經被吃空了」的煩、躲開，因為在這小說的世界裡，沒有任何空餘來支援救助「掉到人類底限之下的最悲慘者」。人們後來甚至打斷她的「喪兒證詞版本」，或嘲弄她「為何頭上撞那麼大一個洞，最後還不是從了」，甚至看到小孩，會調笑她：

「祥林嫂，你們的阿毛如果還在，不是也就有這麼大了。」

最苦難者反而成了小鎮眾人煩厭、唾棄的怪物。於是一個婦人甚至恐嚇她，「你將來到陰司去，那兩個死鬼的男人還要爭，你給了誰好呢？閻羅大王只好把你鋸開來，分給他們。」

真心受到恐懼的這可憐的女人，於是聽了這女人的建議，去土地廟捐一條門檻，當作她的替身，給千人踏、萬人跨，贖了這一世的罪名，免得死去了受苦。

我這就不再引述原文了，事實上，我很想再談談魯迅的〈在酒樓上〉，或他的〈無常〉，都是年輕時的我一讀，像布滿白毛的豆腐皮，噎在喉頭。那麼深沉，不是標題黨將壞人描述成多壞多壞，當苦難底層者「自然主義」式的描寫，多麼污暗的油彩層層覆蓋。魯迅的哀憫同時是倒鉤插在同樣作為旁觀者的「我們」的詫異。因為那種如煙裊繞、細細漫散的「說不清」，缺乏第一義的對暴力的起身反抗，到今天的文人、知識分子，仍是朦朧、算計，甚至以旁觀他人的巨大痛苦，煽情的假作悲傷，其實猶包裹在一巨大的八卦消費網絡裡。

年輕的你讀到一篇好小說，譬如川端的小說，譬如李渝的《溫州街的故事》，譬如李永平的《吉陵春秋》，啊，原本在你腦中那從少年一路來，「故障的投影箱」，突然像被閃電照亮，水銀瀉地，它們必須是要這些「文字本身就恣意搖顫，就是神靈」的描述，再能立體，從你內裡的空洞曠野，整個活生生的冒長出來。

神靈乍現

我高四的時候，一直到大一的時候，應該都是在冬天，會獨自一人，搭那年代非常慢的老客運，穿過木柵段，就是一片田野，然後穿過一段溪谷的窄公路，之後盤桓上山，最後到終點站「平溪」。那裡那一段以前廢棄煤礦的小火車鐵道，侯孝賢導演《戀戀風塵》片頭，那火車穿越的隧道，一片幽黑，突然天光湧漫，一片山裡浸在霧氣水氣中的綠（應該都是鐵道兩側的大樹蕨、大姑婆芋，或許多藤纏樹），就是在那一帶拍攝的。那一線那種藍皮小火車仍在行駛，從平溪到十分這一段的枕木鐵道，甚至一條懸空於山谷深淵的鐵橋，都有遊人、情侶，稀稀落落走著，因為「十分」那本身有個極壯觀的瀑布，應該是我們那年代，台灣屬一屬二的瀑布風景區吧。但我獨自沿著那段鐵道繼續走，慢慢就遠離人聲，只剩下我自己踩在那些朽壞、蝕洞，而木紋極像鳥羽的枕木，或兩條布滿紅鏽的鐵軌，周邊林木悉長，鳥鳴宛轉。我會穿過兩處較長的隧道，也發生過才走進去不久，聽見火車駛來，我回頭狂奔，在隧道口和迎面火車頭真的是「千鈞一髮」，我摔進一旁的土溝，那說是「小火車」，但近距離機器怪獸引起壓迫的旋風，我極近距離看見列車司機的遠，他憤怒的朝我大喊：「不要命啦！」並且拉響汽笛。那次我意識到，之前若我在那像黑澤明《夢》裡，其中一段那軍人走過的隧道，非常長，若是在那更裡面，遇見火車進去，我應該被無人知曉的撞死在裡面。

最後我會經過一些拉著鐵車的礦工（奇怪那礦不是已廢了嗎？）進入一片網狀，許多鐵軌交錯的「猴硐」站，那裡可以搭上「大火車」，從東部駛回台北的莒光號，或自強號。我搭在那快速列車，都讓自己吊在車門口，感到風暴襲打著當時年輕的身體。那個視覺極快，也許是經過七堵、暖暖、汐止……這些市鎮的街區、人家的後牆、公路上像倒退行駛的摩托車、沒有停而疾駛過的月台上，一些坐在等候椅上的老人、老婦、較遠處的河川……

那是什麼？為什麼我那段時光，那麼規律的，去進行這一段（靈魂洗滌嗎？）的自己的祕境？回到永和那窄小的家裡，我在我父母眼中並沒有什麼異樣。

但年輕的我，被我根本不知道是什麼的「悲不能抑」充滿著，那一整片持續在靜默中，踩著鐵軌、枕木、礫石，之間冒出的小小野菊或青苔，周遭整片綠光，在療癒著我內部的什麼？

很多年前，有一位「小神婆」，在一間叫「路上撿到一隻貓」的咖啡屋，幫我看（我完全看不懂的）西洋大星盤，我在其他許多地方提過了。總之，我很奇特的，是「八宮人」，同時是「冥王星人」，也就是我這個靈魂，生命主要的課題，完全和財富、事業無關，而是諸多重要星，全降落在掌管死亡、性、暴力、控制的「八宮」，另外我還有一個「月海合相」格。那個小神婆驚嘆的說：「你就是天生下來寫小說的。」我以為這是一種讚美，但她接著說，你很可憐，其實從很小的時候，你就聽不懂大人世界人們在說什麼，而人們其實也聽不懂你在說什麼（這是真的！我整個青春期，都像霧中風景，活在一個恍惚，自我內在聲音，上課完全聽不懂老師在說什麼的，像我是一隻野生動物的狀態，整整十年，不是說被朋友拉去打架那些，而是我的每次考試都是全班最後一名）。小神婆說，因為這件事很早就發生了，所以你一直在你內心世界，建立一個其實以正常世界來說，是錯的，不流通的，但你自己發明一切只有你自己使用的理解世界的方式，但因為這樣的時光非常長，非常僥倖你沒有夭折，所以到了你三十多歲，其實你應對外面的世界，都先經過你已經發展了十幾年的那個「運轉的過渡系統」，所以好像和正常世界交接也不會被發現有問題。

我記得我問這小神婆：「那如果當時我沒有選擇寫小說，我會變怎樣的人？」

她說：「就是在林森北路當那種泊車小弟，然後某一次幫派大械鬥，糊里糊塗跟著衝進去，被人家一刀戳死。」

她說的讓我全身起雞皮疙瘩，她說的完全對！完全說到我內心深處！

年輕時讀馬奎斯的《百年孤寂》，那裡頭每一個邦迪亞家族樹枝狀不同代的人物，最後每一個人那麼奇特寂寞的死法，都讓我哀嘆，內心揪成一團，其中最和我所待的這個島國，我那個壓抑苦悶年紀，能敲動靈魂音義的，就是老邦迪亞死去的那段：

他夢見自己下床開門，來到一個房間，室內的鑄鐵床鋪、柳條椅子、後牆掛的小聖母像每次都一模一樣。他由那個房間走到另一間，仍是一模一樣；那兒的房門通向另一個房間，依舊相同；它的房門又通向另一間，還是相同；然後再進另一間，仍是一模一樣……就這樣永無止盡。他喜歡逐室走動，宛如置身在平行鏡面的畫廊裡，最後普魯丹西奧．阿固拉會過來拍拍他的肩膀。然後他再逐室走回來，踩著原來的足跡倒退走，發現阿固拉就在現實的房間裡。不過，家人扶他上床兩星期後的某一個晚上，普魯丹西奧・阿固拉在中間的房間拍他的肩膀，他便永遠留在那兒，以為是真實的房間。

我要再囉嗦一次，那是世界上還沒有網路、智慧型手機，不太會你打開電腦，任意用滑鼠，點進薄光，不同次元的email頁面、YouTube頁面、臉書頁面、NETFLIX頁面……那基本上，你只要走離開人群，就可以找到一個像《魯賓遜漂流記》那樣的自我荒島，讀到老邦迪亞死去的這段描寫。對於島國青年我，眼皮下藏於翳影的某種夜溪暗金色波紋，就是我獨自在那異動的火車車廂，座位上全是處在「活著的愚痴、鬆弛狀態」的陌生人，我有人群害羞症，其實沒有人看我，但我穿過一個車廂、一個車廂的走道，都說不出的害羞。那記憶中，車廂眾生瀰漫的氣味，也那麼像老邦迪亞在夢中的完全相同房間的列車車廂，穿過，那種氣味如此相近。袁哲生有一個短篇〈送行〉，就是我們同一年代，在慢車的火車車廂，但他進行了觀測，當兵休假的阿兵哥，一對父子，或許還有一對情侶……一種好像要出發到遠方，但其實我們這個小國度，能兜轉來回就只是在一種說不出貧乏的，某種曖昧的，發動了卻始終覺得擱淺、困置於某個輕焦慮的等待。

另一個我年輕讀到，深受感動的小說畫面，是川端《雪國》的開頭。大約是這個男人，搭著火車，頭抵車窗，外面是夜色籠罩的田野，只見灰暗不清的遠近山丘影廓，或閃瞬而過的農人點的篝火。因為車廂內的燈光，和窗外暗黑的反差，這男人在窗玻璃上，看見自己那一張憊懶衰頹的中年人的臉，而這同時竟在這窗外朦朧景物流逝的玻璃上，疊映看見，他身後另一排座位，一個幻美絕倫的少女和她的盲琴師，這最純淨、倍蕾的美少女倩影，恰巧映在那車窗上自己的臉之影像上。事實上，這整部《雪國》，是用意識流的方法，這個主人公，回憶起約十年間，自己每隔幾年冬天，便到這喚為「雪國」的山中溫泉鄉休憩。他認識一個叫駒子的藝妓，初識時她還是清純如青葉瀑布的「未開苞少女」，但隨著時光，這女孩逐形在陪酒，供客人狎樂，時光的玷汙中，懷著對這男人的情愫，但變成一個被風塵之汙漬，或哀恨，或體會到男子終是無情，或世間本就無情，汙穢淪肌浹髓的不幸女人。

年輕時讀到這樣的小說，有兩種感覺被開啟：一是那個年代，還使用的照相機底片，它必須拿到暗房，在全黑中泡進顯影劑中，據說那底片上被攝下的景物、人像，不是截然出現，而是一種像上百尾極小魚苗，或微生物，浮出水面，款款錯落，明暗疊佚，那樣靈動的呈現，最後定死成一張照片的靜態。另一是，後來讀普魯斯特《追憶逝水年華》的，所謂「煙燻玻璃燈罩」。就是你原來置身其中的那個世間，那個時代，可能比那些差劣的小說所描述的，要隱藏了千百倍更有魔性或微羽光暈，但你以為被你置之腦後的，我年輕時那個年代，更有情意，更有事物拖出的倒影，或光被不同雜物干擾，顯得更多毛邊，如宮崎駿卡通《龍貓》那樣，萬物皆有神靈的年代。年輕的你讀到一篇好小說，譬如川端的小說，譬如李渝的《溫州街的故事》，譬如李永平的《吉陵春秋》，啊，原本在你腦中那從少年一路來，「故障的投影箱」，突然像被閃電照亮，水銀瀉地，它們必須是要這些「文字本身就恣意搖顫，就是神靈」的描述，再能立體，從你內裡的空洞曠野，整個活生生的冒長出來。

二十世紀小說繼承的「人類心靈」，這一路都是遠超出人類單一個體能承受的，像五馬分屍那麼殘暴的境遇：亂倫、弒父、背叛、流著毒血的身世、權謀、永遠的放逐……要啟動波赫士〈另一次死亡〉的魔術齒輪機括，其內要小說家搏命戰鬥的，是比那魔幻還難上千百倍的，人類千古難決的巨大痛苦啊。

另一個心靈宇宙

波赫士的〈另一次死亡〉，小說的開始，是在一九四六年，「我」接到表哥的來信，寄來一本他用西班牙翻譯的愛默生的長詩《往昔》，信上提到，那位他們都認識的達米安，幾天前夜裡去世，死前高燒譫妄，還以為自己置身在一九〇四年革命的馬索列爾戰役。事實上，「我」在一九四二年，曾為了想寫一篇關於馬索列爾戰役的小說，去一處偏遠的農莊採訪過這個參加過當年戰爭的老人，但印象中這達米安沉默寡言，缺乏表達的想像力。收到表哥這封信後幾個月，「我」又託人介紹，去採訪當年指揮那場戰役的老上校，老上校回憶起那戰爭的痛苦，彈藥供應不上、馬匹疲憊不堪、士兵渾身塵土，眼睛都睜不開。「我」向上校問了是否記得「達米安」這個人。上校輕蔑的笑著說，這些高喬人，平日在酒店裡，醉酒跟人鬥毆，白刀子進紅刀子出，但到了戰場，敵人開砲，他們就嚇得趴在地上，其實是膽小鬼……種種。

過了半年，「我」那篇小說還是缺了一兩處細節，只好又跑去老上校家拜訪，那天上校家還有一位老醫生，當年也參加那場馬索列爾戰役。兩老頭漫談當年戰爭的種種，老醫生記起當年在大戰前，有一批英勇的高喬人來加入我軍，他還記得一位原來在鄉村的剪毛工，叫達米安。

「我」說：「不就是那個被槍砲嚇破膽的阿根廷人？」

老醫生說：「您錯了，達米安是個英雄！我記得那時是下午四點來鐘。紅黨的步兵占領了山頭；我們的部隊朝上仰攻，原本大家都被砲火壓制，但達米安一馬當先，大聲呼喊，一顆子彈穿過他前胸，他站在馬蹬上，接著翻身落地，馬索列爾最艱苦的這次衝鋒，我們踩在他屍體上過去的。他勇敢非凡，死時不到二十歲。」

半年前說達米安是儒夫的老上校，好像完全不記得之前自己說過的版本，說，這些土著，衝鋒時人喊的都是髒話。

波赫士這篇小說在這發生了奇妙的「時間鐘面移位」，「我」又遇見表哥，問起他翻譯的《往昔》，對方則否認自己有翻譯這本書，他對愛默生完全不感興趣，「我」問了達米安，表哥對這名字完全沒印象。「我」想去找幾年前採訪達米安本人時的牧場主人，但這牧主已經過世。有一天「我」發現，記憶中自己見過的達米安那張陰沉的臉，竟是一位男高音歌唱家的劇照。

對不起，我繼續抄錄波赫士這篇小說的原文（它太重要、太精采了）：

有兩個達米安：一個是一九四六年在故鄉牧場去世的懦夫；另一個是一九〇四年在馬索列爾犧牲的勇士。

「我」的一位朋友提出一種猜測：

達米安在一九〇四年戰鬥死之前，祈求上帝讓他回到恩特雷里斯奧。上帝答應之前猶豫了一下，這人已在許多人目睹下死去，上帝不能改變已發生的事，但改變了那形象，達米安的影子回到了故土。他雖然回去了，但我們不能忘記他只是個影子。他孤零零的生活，沒有老婆，沒有朋友；他愛一切，但只是在玻璃的另一邊隔得遠遠的。後來他「死了」，他那淡的形象，就像一顆水滴消失在水中。

「我」自己則提出另一個版本。

達米安在馬索列爾戰場上表現怯懦，後半輩子決心洗清這一奇恥大辱，他回到故鄉，不再去酒館和人鬥毆，只在田野上埋頭苦幹，和山林和野性未除的牲畜鬥爭。他不斷祈禱，只要命運再給我另一次戰役，我一定不負眾望，四十年來，他不斷祈禱，終於在他臨終之際，譫妄中他回到一九〇四當年的馬索列爾戰場上，他英勇帶頭衝鋒，一顆子彈打中他前胸，於是在一九四六年，達米安如願死在一九〇四年冬春之交的馬索列爾戰役上。

這裡波赫士寫道：

《神學總論》裡否認上帝能使過去的事沒有發生，主要是那錯綜複雜的因果關係，那種關係極其龐大隱祕，牽一髮而動全身，不可能取消一件遙遠的微不足道的小事而不取消目前。改變過去並不是改變一個事實；而是取消它有無窮傾向的後果。換一句話說，是創造兩種包羅萬象的歷史。比如說，在第一種，達米安死在一九四六年的故鄉；在第二種，死於一九〇四年的馬索列爾，後者就是我們此刻活在其中的歷史，但取消前一種歷史不是一蹴而就的，而是產生了我提到的種種不連貫的情況……

這篇小說寫於一九六〇年代，六十多年後的現在，我們已在諸多好萊塢的電影，看過諸多「被重新揉掉、再攤開的，另一個宇宙」，譬如湯姆克魯斯主演的《香草天空》，譬如我愛提的《啟動原始碼》，甚或不久前在奧斯卡大放異彩的楊紫瓊主演的《媽的多重宇宙》，對了，還有也是湯姆克魯斯演的《明日邊界》……非常多，可以像錄影機按下暫停、倒帶，不，不是重播，而是重新布置，完全不同命運的「另一種事件展開的方式」。我懷疑這些影劇學院的劇作班最拔尖者，是把波赫士的小說當作掛在教室後的鋼鑄壁版。這有一個非常硬的基本功，就是拿兩顆雪花球，要把A雪花球移形換位成B雪花球，注意，不是靜物的雪花球中縮小的世界，而是活生生的狀態，兩個雪花球中，完全相同的一組合，但完全不同的故事、命運。這樣的更改，被波赫士展示的「牽一髮而動全身」，兩種包羅萬象的歷史。另一種可能是像雅歌塔．克里斯多夫《惡童三部曲》中的，分裂的雙生子。於是有兩種完全不同、錯置的記憶版本。但波赫士讓我們看見那兩個「互證對方為偽」的時間證物球，互相拉扯的密密麻麻絲線，每一個局中人的記憶，都必須被抹銷、重繪。對年輕的小說創作者來說，這是非常大的震撼：「虛構的重力」。沒有可以任意竄改而能所有連續性細節皆能允洽的「亂掰」，但小說主人公那巨大的「要重新來一次」的欲念，又深深感染我們，那麼大的屈辱。或是後來拍成電影的《贖罪》，少女僅因一種無法言說的嫉妒，誣告並舉發了自己的姊姊和園丁的男孩，毀了這對苦戀鴛鴦的一生。背景是敦克爾克大撤退，真實發生的是兩人分別離恨天，各自在不同處死去。但老後變成小說家的這個犯下「純真之惡」的女孩，在自己的小說中，重新發明了另一種命運，這苦命的戀人終於在一起。

愛別離。怨憎對。求不得。

波赫士的〈另一次死亡〉，可以讓我們深有感觸，生命中，像一柄利劍深深插進無法換回，那麼深刻鑿進「鋼鑄的過去」，失去所愛，或悔恨不已害了無辜的人，摔碎了最珍貴的東西，在一種怔忡迷糊狀態，幹下不可饒恕的罪。你只能在那絕對孤寂之境，祈求上帝，能否把已發生過的事，更改，再給你一次機會？這在年輕時的小說家腦中，是那麼輕易的事，它只是一個刪去、重新的情節。

年輕時另外讀過一篇「將兩個完全不同的人的內在時光，移遞、換位」的神作，墨西哥小說家卡洛斯·富恩特斯的《奧拉》。

小說一開始，一位年輕的歷史學家，收到一份工作，必須住進那工作的主人家，可能要半年，主要是整理死去的勞倫斯將軍的手稿、日記、照片、信件、各種新聞剪報，替他完成他的回憶錄。於是我們跟著這主人公的視鏡，進入一幢殖民時期大人物的官邸，當然那像是被故舊時光禁錮的不見光墓穴。年輕人見到那位也老得不成人樣的，將軍的遺孀，這屋裡那到處垂掛的幔帳，偶爾隙光中翻滾的灰塵、像鬼火一樣的長廊壁斑，當然還有那些二百年前的古董，老一代貴族放在客廳的陶瓷人像、音樂鐘、勳章、波斯地毯、玻璃球。還有老太太抱在懷裡，目光灼灼的貓。

這年輕人接下了這份工作，因為他看見老太太身旁有個美麗的女孩「奧拉」，眼睛碧綠像大海一樣，湧現出浪花。於是，透過對這幢古怪老官邸的環境描寫，小說建立出一種和外界世界光源切斷的，似乎掉進一種搖曳、不確定的時空。兵分二路，他每天花極多時間在老將軍的書房，細讀那些將軍當年的日記、筆記、著作，似乎慢慢進入那老人嘈嘈咻咻、宛如他還活著的內心世界。每晚晚餐前，他會和年輕、絕美的奧拉，一起在極大、空寂的長餐桌用餐。我不多引述，總之在這種巴洛克風的，半遮半掩在老將車的魅影，或奧拉那像夢遊、像貓咪，又撩撥又閃躲的美麗女子形象，這個年輕歷史學者，陷入一種像熱病的譫妄，他覺得是這個醜惡、只剩枯骨架的老太婆，用什麼黑魔法控制著這綠眼球的年輕美女。而同時，他在將軍的日記中，看見半世紀前，當時已是老人的將軍，身旁是年輕美如海妖的嬌妻——那模糊照片中，老太太年輕時，竟和他在這大房子中每天捉迷藏撞見的她的姪女奧拉，長得一模一樣——且埋頭鑽研的將軍回憶中寫到，一個暮年丈夫對年輕妻子的愛，「我綠眼睛的小洋娃娃，我心充滿了對妳的愛。」老將軍描述他們住的房子，郊遊、舞會、馬車、第二帝國的世界，但筆調都平庸無奇。

這同時，他發現老夫人臥房前的小天井，種了各種置幻植物，黑莨菪、龍葵、毛蕊藤、顛茄……在他的火柴下，葉影婆娑，他想起這些藥草的功用，使瞳放大、減輕痛楚、緩和婦女生產的陣痛，使人鬆弛、削弱意志力，成為感官的俘虜。

他讀到老將軍寫道：「康絲葳羅，妳不可以引誘上帝。我們必須知足，難道我的愛還不夠嗎？」「我發現她在囈語，她抱緊枕頭哭叫道：『是的，是的，是的，是我做的，我重新創造了她！我能召喚她……我正走向我的青春，我的青春也在向我走來……』」

總之，小說的最後，年輕歷史學家和年輕的美人兒奧拉約好，某天老太婆要出門進城，是夜奧拉邀他到老太婆臥房一度春宵（他想解救這被老巫婆禁錮的美人兒），但進了臥房，在一片黑暗中，他摟住奧拉，告訴她他愛她，當然他們激情的性愛，這時，「老鼠咬開的一道牆隙中月光射進來，一片銀色的月光。它照出奧拉歲月侵蝕的容顏，像回憶錄一般發黃脆裂，乾癟的嘴唇，無齒的牙床，月光為他映出康絲葳羅夫人赤裸的身體，枯萎的乳房，蒼老渺小的身架。」

奧拉問他：「你昨天告訴我你會永遠愛我。」

令年輕時的我震撼的是，這時從年輕歷史學者喉間吐出的聲音，是老將軍那低沉、哀傷、從不改變的憐愛的沙啞聲音：

「是的，我會永遠愛妳，奧拉。」

這篇小說對年輕時的我，那個震撼，不亞於前面說的波赫士的〈另一次死亡〉，那種耐性的抽絲剝繭，但同時在另一個紡錘機上收攏著「另一個心靈宇宙的所有細絲」，你要用小說的敘事，華麗充滿細筆的雄辯，將一個真實、物理世界不可能的事件，像「克萊因瓶」一樣，在你的讀者的眼前，像魔術師手中的鴿子，硬生生消失，又無中生有出現。敘事有它必須在「質能不變定律」中的難以扭曲、移位、鑄風成形，波赫士像是給年輕的我上了一課。

第一，你不要掉進書寫的二維平面的催眠中，未必要無止境如普魯斯特那樣編織一個無止境連續過往昔時光。

第二，任何可能的怪異、時間定律的框架、單一向度的歷史，都可以挑戰，去拗折它，翻剝它的內外、硬生生的讓它的原子共價鏈被折斷。

第三，但你丟出任何概念上跳躍的難題，都必須以小說的全面啟動來回答它。每一個被你從左手的雪花球，叫喚出來的事件，都必然在右手的雪花球的小宇宙中熄滅。

我這麼講，你們一定認為我是一個「手排檔汽油引擎車」，或是「齒輪手錶」、「冷兵器盔甲武士」執拗的鋼鐵直男，是的，我無法喜歡那些無任何物理性撞擊之扭凹、潰裂、重力感的任意穿越。

其實，二十世紀小說繼承的「人類心靈」，從《伊底帕斯王》、《尤利西斯》、《安帝岡妮》、《美狄亞》，一路穿過莎翁的《哈姆雷特》、《馬克白》、《亨利四世》、《暴風雨》……一路到《安娜卡列尼娜》、《卡拉馬助夫兄弟們》、《包法利夫人》……這一路都是遠超出人類單一個體能承受的，像五馬分屍那麼殘暴的境遇：亂倫、弒父、背叛、流著毒血的身世、權謀、永遠的放逐……也就是說，要啟動波赫士〈另一次死亡〉的魔術齒輪機括，其內要小說家搏命戰鬥的，是比那魔幻還難上千百倍的，人類千古難決的巨大痛苦啊。它本來就不該變成一種綜藝、通俗（不論武俠、科幻，或忍者傳）、炫技，或遊戲的設定。一旦熟稔於無痛分娩的時空任意門，或像漫威的昂貴場面但確實把這種「時空大逆鱗，翻掀每一片存在冰鏡的次元挪移」，變成二十一世紀劇本的標配，那就如我們現在感知的，「人類」變成馬戲團一個個穿緊身衣、高空鞦韆的小人兒。那種「杜斯妥也夫斯基」式的，版畫人臉的暗影不見了。

我三十多歲時寫過一本《遺悲懷》，是對那之前自殺的邱妙津的《蒙馬特遺書》的一個「我對於她的自死全黑召喚的一種，我信仰的，小說的抗辯。」當時引起一些朋友的質疑：那是否在他人的悲劇（或屍身）上跳舞。不，但我心中始終澄澈，我的初心，很像是當時的我「近乎信仰」，波赫士的「另一次死亡」，我內心大喊：「哥們，別死。」而我能做什麼呢？我只能像《一千零一夜》中的那個王后，不斷說故事，拖延那個雙眼的瞳孔已空洞，已經啟動了大屠殺的國王（不同的是那國王是屠殺全城的嬰孩，而邱是在她的遺書中屠殺那個豐饒充滿愛的她自己）。因為更年輕時，我們曾在陽明山一位朋友的住處，幾個創作者圍坐，我與她像西藏實習僧侶在經辯，一來一回爭辯我們相信的小說藝術，邱當時便充滿一種藝術家該殉身於她的藝術的狂激；但我們像打牌，說著巴斯、說著莒哈絲、說著太宰治、說著梵谷，我深切記得，最後是我像背書，把整本尤薩的《胡莉亞姨媽與作家》，那一個一個小說中的天才卡瑪喬編出來的故事，這些故事最後像得了瘟疫，各自無法收尾，許多之前死去的角色在下一個故事又跑出來……我記得我讀著尤薩的這部小說時，邱的眼神柔和下來，至少那次她認同了我。

於是我的《遣悲懷》，是一組不斷說給「那正要殺死自己」的她，五、六個「關於時間差的故事」。

我可以做出這樣或有人覺得裝神弄鬼，但我真摯沒有懷疑過的「小說家的道德」：每一次都是他「另一次的死亡」。我年輕時有一執拗的迷信（因為真的很巧，每次都發生了），我每寫出一本對我極重要的小說，上天就會奪走一件，我最珍愛的東西：我最愛的那隻狗、我父親的生命、當時我妻子對我的愛，我極在乎、愛著的一位長輩莫名的仇恨我、我的健康，乃至我的聲名……在不同時期它們真實都發生了。

「笑」恰像是你對應於「教養」的，在某一個時代、社會、各種權力協商，各種不同意識形態之纏繞，一種「暗能量」。

「笑」的感受力

年輕時，我第一次看了一九八二年版的《銀翼殺手》，那對當時的我衝擊極大。需知，我出生、成長的年代，或身邊遇見，一起混的哥們，其實對「外國」的知識，貧乏到現今的人們難以想像：許多現在我也理所當然混在人群中的新世界之物，對我的生命，可能都是二十七、八歲，跨過三十歲，然後跨過三十五歲，或是那之後，搬進城裡，和一些同輩比較酷炫、知道流行事物；或國外的新的電影、時尚、日本動漫，甚至當時開始擴張的，人人低頭滑iPhone手機的「未來——其實已在身邊」的一切。

我一個月和他們混一次吧！幾個人像跨進新基因海洋的探險單子，各自伸著觸鬚交換著各自收獵的新世界形狀的資訊，然後跨過四十歲、四十五，我自己終於也從「最後的原始人」，掛連上網，如今變成「網路成癮症者」。也就是說，許多經典科幻的背景價值（包括《駭客任務》，或《攻殼機動隊》的科幻、新、破腦的想像力），都是這二、三個當時也才年近四十，但都算是這社會對時尚、前衛、最新的電影、設計或裝置藝術，資訊最強大的角色，他們在這種類乎「我的時代的〈陶庵夢憶〉」中，嘈嘈私語傳遞給我的。

因此，當還不到三十歲的我，在陽明山，應該還是用那種笨重的電視、錄影機，從錄影帶店（當時連VCD都還沒有）租來的影帶，看了哈里遜·福特主演的《銀翼殺手》，那個打中靈魂核心的電擊，對我像是仍匍匐在書本、小說的紙頁中爬行，突然抬頭，像一種「抽離、拉高到此刻這個我之上，某種提綱挈領，某種美麗，但簡潔的思想算術題」。電影裡，未來的世界，在一座很像殖民大城市，高樓如洞穴鐘乳石林、投影燈光迷麗（這在後來的蕈菇生態暴漲的科幻電影，或這幾年的《黑鏡》、《愛X死X機器人》，都已遍摭皆是了），人類和人造機器人混雜生活，從外型上分不出彼此差異，但因為當初製造這大批基因設計生產機器人的公司，要回收這些超過使用壽命的機器人，但要在人群海洋找出根本在製造之初，就和人類近乎無差別（某特殊幾隻，甚至像頂尖藝術品，智力、戰鬥力皆高於人類，因此成為這些叛逃機器人組織的首領）的「潛伏怪物」，何其難矣，所以人類派出一種頂尖的專業追獵特工，他們的代號就叫「銀翼殺手」。我記得片頭，讓年輕時的我無比震撼的，就是他極明快交代了，如果他們抓到一隻，既和人類一模一樣，但卻是必須將之殲滅的機器人，如何分辨判定這個眼前極度恐懼被認出的，「不是人」，銀翼殺手對被捕者會提出一連串設計好的問題，也就是說，這上千題看似簡短的提問，大約受測者回答到第二、三十題時，銀翼殺手或會當即掏槍打爆這「假人類」的頭。

那判定「是人」或「不是人」的標準分界線在哪呢？電影裡給了我一個極震撼的設計：

一、擁有笑的能力。
二、擁有抒情詩的能力。

這對當時的我，真是醍醐灌頂，也就是說，若是缺乏「笑」以及「抒情詩」的發明或感受力，那就「不配為人」；當時恰好讀到一些後殖民文化理論，記得有一段講到那些上世紀六〇年代，從土耳其到德國的外籍移工，「他們像活在別人的夢境之中，因為他們聽不懂也許整間酒吧的當地人，那麼理所當然，哄堂大笑的笑話」，事實上，「笑」確實是一種社會化的，集體情緒（或歧視鏈）的複雜行為。

痴兒。侏儒。口吃者。臉孔歪斜者。肥胖。不合時宜的摔倒、打翻侍者拿來的整端盤雞尾酒。豆豆先生。卓別林。一種機械性的格格不入的「進入孩童無辜的闖禍」。對不能侵犯的絕對權威或神聖的滑稽褻瀆。是的，巴赫汀講的「嘉年華狂歡」。黑格爾說「笑是一種由高度期待，驟轉虛無的情感」。真的，如果我是那個充滿恐懼、希望不要被發現的「人造人」，他們問我問題，是在什麼地方其實非常好笑，但我都聽不出來？

其實，如同我在談「教養」那一篇提到的，而「笑」也是一種先於目的性的社會位階，但必須在那交織錯藻的珊瑚礁森林中，穿梭洄游，能夠憑空體會的，多出來的，上下四方人心水道交集之外，瞬間顯現的，外於這原本人心地圖，突然冒出的一個，「對現存的嚴絲合縫、秩序森嚴的焊接巨物」，突然提出一種全景瓦解的想像（或是顛倒，或是降格模仿，或是自我人間失格），這一個突然的「虛無」。

所以，「笑」確實和「抒情詩」一樣，是人類自己亦不知其隱藏於大腦中的，量子級運算祕密。《銀翼殺手》的排除「人類之外的栩栩如真的仿真人」，那即使最強的設計總部的首腦，也發明不出能自我創造出「笑的能力」的機器人。

但這其實也威脅、震懾著當時看電影的我：「我是否也會在許多時刻，其實也並不理解，一個空間裡其他人，那麼會心的，哄堂大笑。」如何學習、模仿、找到套路，其實也就是社會化的入族式，你進入到那藏躲在話語之網、話語森林後面的柔軟脆弱之處，同時也是歧視鏈絞盤鐵鎖堆疊之處，你知道一切的偷、拐、搶、騙，以及可憐的，這個底層社會裡的悲、歡、離、合，但因為眾人皆卑微，知道所有能尊嚴的活在當下，何其僥倖，所以都有一種「戲感」，將嚎啕、羞辱、犯了無法挽救的大錯、被冤屈，甚至死生別離……變成鬼臉、迴力球，或變成貓臉、狗臉的滑稽化，變成虛張聲勢、變成對原本人們該對那終極悲劇，啟動的「最後密窖之情感」的乞討，或詐騙，然後讓人們恍然大悟，這一切只是戲，只是個「假的」破掉的泡泡，那引起人體的像打噴嚏一樣的暢快。

我們在二十世紀的東亞，幾乎是下半葉才大量接收的「世界小說」（其實最主要那截文明濃縮隱喻之大段，就是歐洲，或說文藝復興所建構的人文景觀），但我們急切的、加速的，接收的「寫實主義」，或「現代主義」，其後的激情，啟蒙著我們的父輩，但同時是一種抽離不論投影光源，或投影受牆，本來的真實。年輕的小說讀者，很難從閱讀小說中，在標畫那些強制性概念的同時，在一種一比一的轉速，感受到、學習到，「笑的高度」。

很少有人對我說：「卡夫卡的某些段落，好笑到瘋了。」「童偉格某些描寫，其實滑稽到不行。」我們的學習摸索裡，好像王禎和在那麼早之前，就讓讀者感受到一種「語言的高度控制，產生的爆笑」。為什麼像我這樣一個外省第二代，很難從年輕時的豬哥亮、廖峻、澎澎、張菲……去體會到他們隨意就能讓歌廳秀台下上千觀眾，笑得眼歪嘴斜的「亂抖包袱」。其實我也沒機緣，是日後莫名我的孩子聽，我才跟著聽，發覺那真是好笑到噎死的魏龍豪、吳兆南的相聲（可能我整個童年記憶中，那威嚴、無幽默感的父親，在他加入他那一大群同樣愁苦、悲不能抑的流亡群體時光，曾瞞著我們偷聽）。然後是我高三那年吧，跟著當時的好友（他是本省人），一起聽李立群、李國修的「那一年我們說相聲」，在當時還是解嚴末期，愁鬱的根源還在學校的教官、我永遠被甩離在車廂外的大學聯考……你根本不知道大人的世界發生了什麼，但就跟著錄音帶中，那全場的笑聲，詫異他倆說的，一套一套，在高中生的男宿舍笑得，真的是「捧腹大笑」。

這些當年讓不同聚落，某一代人覺得「像阿茲特克人集體在神廟仰頭觀看巫師剖開犧牲者的胸膛，取出心臟」，那麼集體、感染的，共有委屈、沉鈍的屈辱、惶然，然後那麼精準在一瞬，同時爆炸的笑，但可能不過二十年後，新的年輕一代覺得「完全不好笑」了。所以「笑」必然有一社會性的截裁、時代共有經驗的有效性。另外就是「語言的本身」，你如何對自己與身邊人共同的這套語言，它的靈活或破綻，心領神會。它其實和抒情詩與流行情歌的關係一樣，如要殺雞取卵、快速兌現，就愈難成為「經得起時光淘汰」的結晶。所以，在「喜劇」的藝術、機關設計、結構套式這樣的課程之前，我們可能就遇到某個博學強記的大腦，像巨大貯存槽，上百則「東歐鐵幕笑話」（大部分是建立在對波蘭人的歧視），但那些笑話（百分之七十還是建立在黃色段子）真的厲害到不行，冷峻而荒謬，原創性就和這幾年湧現的科幻短動畫一樣，自由恣意，很難找到一個生產它們的邏輯套路。所以，很像幹話，但我的領會是，「笑」恰像是你對應於「教養」的，在某一個時代、社會、各種權力協商、各種不同意識形態之纏繞，一種「暗能量」，或可稱之為「熵」，就是從小說之途，感受到有多層複瓣、鑄風成形，存而難描的「教養」，就同樣有那樣多破點的「笑」生出之處。因為它恰巧是破壞靜態表面張力所釋放的，底層的想像力屍骸的某一瞬地獄門開，被禁錮的、不被看見的鬼臉，那一瞬衝出。

這種病識感，似乎它本身已是另一種「現代」帶來的疾病的，自我抵抗，或抵抗無效的瘖瘂之景：什麼樣的疾病呢？過於激情，一種躁狂的單一信仰，甚至是這種信仰的，像核爆一樣的閃電強光，但最後展示出的是恐怖、地獄的痛灼。

病

當我們講到「病識感」，我們很難不想到（如蘇珊．桑塔格說的那樣）肺結核、癌症、憂鬱症、愛滋……包括魯迅、卡夫卡、芥川、納博科夫，當然，既是小說的幻影之渡，也是「病者最千摺百拗之紙鶴」的，普魯斯特的《追憶逝水年華》……

被孤單懸隔於正常世界之外，一種慢燒的、絕望的等待，咳出的空氣，都是病菌，或是微觀如病菌，我的一部分死屍……很奇怪，我年輕時從小說中，恍恍惚惚，無意識在其中悠遊，突然一驚：「這寫的是一種病人的絕望哪！」都是連結著一種「東亞」的印象。

譬如當年讀到雷驤先生一個短篇〈鐵肺〉，先是寫到作者在東京一個美術館的展室，看到一個中世紀的「鐵肺」：似乎是一個木製棺材的東西，頂部裝了一個像打鐵鋪裡的手動鼓風器，然後作者便悠悠回想，他還是孩子的時光，他們家是一九四九年逃難到台灣的外省人，住在南部，那有日式小庭園，有和式、蚊帳的小屋，但他的大哥（那時約十七歲）得了肺結核，當時的醫療，會從醫生診所帶回一種薄而透明的小方紙，包裹藥粉，那「紙」由糯米製成，大哥有時服完藥粉，將這小方紙「賞」給這小男孩。總之，逃難的困窘、惘惘、家中父母臉色暗澹，因為經濟愈窘，這些慌亂印象的回憶，突然寫到，得了肺結核病的大哥，和鄰居一個少婦陷入畸戀。總之，這坐困愁城的父母，只好搬家，遠離那不祥之處。大哥似乎病愈重，拿手帕咳血，但某夜竟出走，約是跑出和女人幽會。回憶中大哥回來，靜靜的流淚，也許女人根本沒赴約。這不久後，大哥即過世。

下葬得有點潦草，因為忽然下起大雨。「雨後墳會矮塌下去呢。」在躲雨的時候，掘墓工人說罷，又在附近多挖了些土堆上墳丘去。

之後老天爺竟連續大雨一個禮拜，築墓的事情被延擱了。等到我們帶著包工頭去看的時候，疑是埋葬之所卻影跡全無，一律是青草蔓蔓，地形是平的！

竟如兄弟之所願，在這世上一無遺留。

或是年輕時讀到七等生《沙河悲歌》中，那個殘疾、貧困，在小鎮和劇團老闆娘、人渣同伴、妓女，這些炭筆畫般陰鬱，怨苦的光度極黯窄的內心獨白，夾混在一起的男主角李文龍：

當我注視樂器克拉里內德時，就像是看到為肺癆折磨成乾瘦的我……我的肺裡充滿肺癆的細菌，我的樂器克拉里的內壁也沾滿那種細菌……有時，我會夢見樂器克拉里內德，它直立起來發出神經病似的尖銳叫聲，因此我想樂器克拉里內德有時也會夢見我。

這種「南方的憂鬱」，似乎像太平洋戰爭那劇烈，數億人如痴如醉在其中整批死去，「變成不是人類的怪物」，其實已結束、遠離，其後的戰爭，經濟崩潰、大批人口的逃難、保密防諜，某些話題大人們諱莫若深，一種現代文明的光束射不到的古老魅夢，那時很奇怪，無論讀到太宰治的《斜陽》、夏目漱石的《從此以後》、芥川的《河童》，甚至川端的《千羽鶴》，再再都有這種，病識感，不，是原本可能是健康的「我」，被病菌感染了，而後便被棄置、延擱在一種，兩眼一抹黑的「療養」狀態。那時我或並不懂，那或是一種國家機器演串了聽診器、X光片、化療、抗生素的「疾病的隱喻」，一種高燒不退、病菌就在體內，但若是失控、引爆成類似「海那一邊的戰爭」，就會如恫嚇的重症病人特寫器官潰爛照片，一種比死亡更強烈的恐懼。

年輕時，在那山中宿舍，我有一本厚厚的，海德格的《存在與時間》，如今那本書還在我書櫃中，翻開時前半本仍是每一頁、每一行下都像刻刀用力畫線。頁沿密密麻麻小字抄寫著其中某段，其實每個字我全搞不懂他在說啥的文字。Being。此在。大約我記得我領會的，「此在」是像無數碎瓷片，自然的混攪在小小個人生命史的，每一種時間樣貌中，有點像我們現在說「網路訊息海洋」，但我二十出頭的時候，世界並沒有網路，於是只能極盡可能的，也許是那時逐一讀到的，川端的小說、張愛玲的小說、昆德拉的小說，甚至《紅樓夢》，我周邊並沒有那樣的家族關係，或成人世界權力鬥爭的實際體驗，但或許調度在高中混小流氓認識的朋友，或那種人影幢幢的八〇年代島國人們與他人，似近非遠，似乎戴著度數不夠的近視眼鏡的模糊視覺，不斷回放、投影、學習，這種「此在」。

也許後來就，一直練習著一種，我同輩笑我的，「微血管學派」，但對我而言，能夠把破碎的、時光中的，某種家族關係的斷片、某種根本沒有發動的愛情，甚至後來碰到的身分認同，或我們已經所在的這個城市裡柔腸寸斷的，不完整的人與人的小劇場，能把它們持續在一種「獨立於正常時間流之外」，小說的編織，是一件既誠實又永遠無法趨近的事。結果，就在前幾個月，我在YouTube上，看了一個哲學科普的影片，簡單介紹了海德格的《存在與時間》——搞半天我年輕讀了一半就沒讀了，其實只讀到他作為要反證的那一片，原來他說的是「此在」，這種本來就漂浮於所有「他人」的時間中，也許是一種「沉淪」，必須到「故障」時，「病了」時，才突然領會，產生「畏」。

搞笑點說，Being其實就是一種「病」態，對於我們置身在這一百多年，「在已發生過了之後的」，東亞的心靈史，它可能是壓抑、朦朧，像霰彈碎片，看不見暴力直擊現場，或「惘惘的威脅」，那預先被抽空掉的，未來的文明之夢，將像等待果陀永遠不會降臨。所以它可能是，我們不論記敘原生家庭，青春期一起鬼混的哥們，或後來出社會，在所謂的人際關係，一種擰攪在一起的（前現代）情感，我們常見怪不怪，親暱的說：「好變態噢。」

疾病，正和我們這樣，如海德格所說，「早在我們知道之其，便無有怪其的活在其中」，或是定義、治療，或隔離，譬如民俗療法、像截肢後仍表持的「幻肢感」，那疊床架屋，已經經過了數百年中西互絞的，透過讀小說，我們才驚覺其乖異的親屬關係，它們其實共為依存，我們可能既是那個「疾病」的受害者，但同時就是「疾病」本身。

譬如說，一個在昨日世界中，無比自如，到處存在的，柔軟情感的故障，小系統內人情與他感的消失（這在我年輕時，是讀到麥克安迪的那本《說不完的故事》），因為新時代的孩子不再讀童話，那個存在於這種只能由孩童純真無羈想像力的「幻想國」，就像得了白化症、黑死症，裡頭的人物、英雄、怪物，甚至孩童女王，全都萎縮將死滅，於是一種「平凡小胖子」跳進那病了的「幻想國」，成為救世主的英雄故事就此展開。而現在許多科幻電影，包括《黑鏡》，都是用這種思考，像那位年輕小說家的書名：《世界早被靜悄悄換掉了》。譬如卡夫卡的《城堡》，土地測量員K和系統中的，每個似乎都真有其人，但又全面目不清的、顧左右而旁他的人物：官員的情婦、他的妻子、他的助手、酒館的老闆、各式旁人……但他就是被這種故障，不斷的「否定真實人類的情感」，不給予一種存在狀態的確定。這種創傷，可能是遠大於小說情節（年輕時專注，一行一行抄讀卡夫卡的任一部小說），最後我一定是被那種，說不出的乏味，但又強迫症的「所有人都知道那真相，只有我一人被瞞著、擋著、不給接近那城堡的核心」，像鹽酸腐蝕銅版的美術課作業，仔細想似乎那年紀，被那樣像經過大轟炸的教堂廢樓，那種超越我能感知的哀慟詩意，使我的日常快樂或正常，都變成一種罪惡。譬如當時看塔克夫斯基的電影、柏格曼的電影、第一次看溫德斯的《慾望之翼》，或雷奈的《去年在馬倫巴》……那種超於我的高級心靈，在我什麼都不知道的遠方，被什麼我根本無從所知的規格的暴力，屠殺、去人類化……重創了。那都是這樣的感情教育。乃至於後來，年紀漸大時，第一次讀到童偉格的小說《西北雨》、《無傷時代》，或第一次讀到波拉尼奧的《2666》，我才恍然大悟，所謂，「那個房子的每一塊磚，都是從另一座教堂、小學、火車站、公寓，被轟炸成廢墟，再一塊一塊撿拾來，重新搭蓋的」。

這種故障，或失能——由於我有憂鬱症的病史——對這種「困於一個失能、失語，世界的光度變得較暗、一種說不出的艱難」，這種病識感，似乎它本身已是另一種「現代」帶來的疾病的，自我抵抗，或抵抗無效的瘡痍之景：什麼樣的疾病呢？過於激情，一種躁狂的單一信仰，甚至是這種信仰的，像核爆一樣的閃電強光，但最後展示出的是恐怖、地獄的痛灼。我年輕時，在這小島上讀到的那些小說，可能是那瘋狂海嘯、扭曲撕碎一切之後，一百年後的油污海礁、平靜死寂的「餘生」（也就是童偉格說的足球賽最後給的那或五分鐘「傷停時刻」），也許我們活在其中，那二十世紀最後二十年，所接收過來的二十世紀小說，它們本身就已是核廢料，已經被只能在極不穩定的魔鬼化學元素的核分裂中，劇烈的扭絞過了，捏癟過了，被不可忠議的瘋狂地獄場景，穿透過了。譬如我那時那麼著迷的杜斯妥也夫斯基的《卡拉馬助夫兄弟們》、《附魔者》。我要到年紀頗大，才回頭體會，且真實回映後來這幾年，世界似乎又變回那樣了，才領悟：「啊，那不是小說，那是他非常痛苦活在其中的，真實的一整個歐洲人的瘋病。」

所以，年輕時讀這些二十世紀的巨人視界的小說，似乎有一種很後來還是摸不著先後順序的悲劇性：你必須真的經歷過一切，才可能繪出設計圖。但其實你拿到，且用力叩讀，始終不得其門而入的那本卡夫卡《城堡》，它可能已是「死後的筆記」，你幾十年後懂它的那一刻，也就是「認識論」終於完成它本身就是趕赴一場疾病，或化療，或甚至醫院最後太平間的空場景。

這其實後來會變成某些韓國電影（又回到前頭說的那個「東亞」病識感了），那個殘虐、酷爽報復、極致時就是喪屍大場景，讓我又被那說不出的「溢出的戲劇化」，苦笑搖頭，好像把痰、打過的針頭、沾血的點滴棉花和膠帶、帶著病菌威脅的墊紙包著的排泄物，用一種好萊塢學來的電影院（大教堂光源）、現代汽車板金的光亮、節奏，把「病」舉高成蒼蠅王、狂歡驚嚇的原始火柱……或像是這些年很流行的所謂「故事ＩＰ」，好像「故事」就是「小說」。這其實都困擾著我。

昆德拉這本《生命中不能承受之輕》，真的是關於小說作為觀測世界的內建「搜尋引擎」，一個極有效率，且隨著收納入胸臆內的資訊愈龐大，認識之人事愈多，會一直提醒你、調校你整個認知宇宙的構成，保持著這種「多中心主體」。

誤解的詞

我二十多歲時讀昆德拉的《生命中不能承受之輕》，當然那個「特麗莎是第一小提琴、托馬斯是第二小提琴、薩賓娜是中提琴、弗蘭茨是大提琴……」那種四把樂器在一個命運主題的不斷賦格、變化中，高低音不同階段，憂傷、高雅、嘈嘈低語地介入，互相迴旋，那深深改變了我對讀一本小說的開啟想像：小說是可以像交響樂的作曲者，在不同章節，以不同聲部、不同音質的樂器，換句話說，不同的幾個角色，重新點火，啟動，「發動」，小說是遠比放在書店展櫃上的一本書，複雜許多的一個劇場、音樂廳，甚至一個社區幾棟大樓間不同樓層，一種「永不止息的發動」：愛的辯詰、性的追逐、迂迴、收藏、冒險，個體自由怎樣和一種瘟疫式的群體著魔「過於單一的道德或審美之激情」對抗。這部小說，年紀漸增，每次重讀，還是被那奏鳴曲般的，四把提琴，快慢高低的嗚咽、中板、顫音、滑音、輕盈拔高的或低沉的，各自性格、靈魂、身世故事，形成不同的音域、那湍流互擊的，「不只是一個故事」，深深折服。

在第三部「誤解的詞」的開頭，昆德拉寫到，薩賓娜某一次全身赤裸，一絲不掛，只戴著一頂「硬氈的圓頂禮帽」，站在與托馬斯幽會的她的畫室，兩位老情人，產生了一種「之後被興奮淹沒的滑稽」：

一、首先，這是薩賓娜的祖父留下的遺物，他曾在十九世紀是波希米亞某個小城的市長。

二、這是薩賓娜父親過世後，她的哥哥將遺產全部占有，薩賓娜驕傲而嘲諷的說，她只要這頂圓形禮帽當作父親唯一的遺產。

三、這是她和托馬斯玩情色遊戲的道具。

四、這象徵著她刻意標示的原創性，像她出逃國外，保持自己始終是一個異鄉人，但這頂禮帽，無用又占去空間，提醒她不要變成所謂的「有用之人」。

五、這禮帽隨著時光流逝，變成她人在外國，一個感性、鄉愁的物品。甚至後來托馬斯從她生命中消失，這也成了她和托馬斯一段遙遠過去，色情但感性的回憶。

昆德拉在這裡提出了，古希臘哲學家赫拉克利特說的「河床」：「人不可能兩次踏進相同的河流。」圓頂禮帽之於薩賓娜，就是一道「赫拉克利特河床」，每次上頭都流過一條不同的「語義的河流」。祖父、父親，與托馬斯的色情時光，或他們注定是被對共產統治（或更抽象的說，對「媚俗」）的痛惡，而成為永遠的流放者。

然後，昆德拉花了許多各有標題的小節（女人、忠誠與背叛、音樂、光明與黑暗、遊行隊伍、阿姆斯特丹的老教堂、力量、生活在真實裡、偉大的進軍），變奏著，奇妙的演繹著，「誤解的詞」：同一個詞，作為「一個赫拉克利特的河床」，它們分別在托馬斯、特麗莎、薩賓娜、弗蘭茨這四個生命基礎信念、感覺、記憶，完全不同的男女，也許即使彼此曾是對方的愛人，但仍那麼大的「流過這些詞之河床，不同的抒情意義」。

我無法用和其他小說的並列，比較《生命中不能承受之輕》在我二十多歲時讀到，其後對我的小說創作，有那麼巨大的影響。

他給我的，肯定和卡夫卡給我的、波赫士給我的、杜氏給我的、川端給我的、大江給我的，是無法互相比較的「結構與思索小說自身」。

第一，那對我近乎成為一種信仰：「不要媚俗」（昆德拉在其後的章節，以「媄屎」的概念，雄辯滔滔誦清楚這個「簡單化激情」的恐怖）。即無條件的把所有人生活的意義，拉進一個排除許多其他可能性的，單一的意念裡。很悲哀的是，幾十年過去，老昆德拉當年提出的這個，甚至他反覆以不同小說（《沒有人會笑》、《玩笑》、《笑忘書》）演奏這個絕望、似乎滑稽的哀嚎：「不要媚俗！不要媚俗！不要媚俗！」然而世界換了不同的詞，關於邪惡、關於愛國、關於「你們是誰，我們是誰」，那竟同樣的有效！將複雜的不同人的時光記憶，將歷史、將善與惡的交互纏繞皆短簡，愈降維成一種單一的激情（即「媚俗」），愈有效。

如今，我和年輕人說「為何要讀小說」，昆德拉的這本《生命中不能承受之輕》（乃至於他全部的小說）真的是，關於小說作為觀測世界的內建「搜尋引擎」，一個極有效率，且隨著收納入胸臆內的資訊愈龐大，認識之人事愈多，這組由特麗莎、托馬斯、薩賓娜、弗蘭茨四人形成的「誤解小辭典」四重奏，會一直提醒、調校你整個認知宇宙的構成，保持著這種「多中心主體」，一種動態的、先於觀測的，「角色分串」——這在年輕時，也許該說上世紀九〇年代初，台灣剛解嚴不久，其實是極重要的一種「同時建構起對異於己者的時間感覺」的心靈訓練。更早些時，人們從芥川的〈竹藪中〉（後被黑澤明改拍成《羅生門》，之後便錯植，同一件兇殺案，從捕快、兇手、死者鬼魂、死者被玷汙之妻，完全不同版本的事件描述，一種相互否證對方，但卻又因其各自心理學的合理動機，竟同時並存，人們慣稱此為「羅生門」），學習這種「真相的差異」。但這麼說好了，芥川〈竹藪中〉是作為A、B、C、D不同兇案檔案信封中，掉出不同版本的四張攝影照片，給人們造成一種強烈震撼。但昆德拉的「誤解小辭典」，或「薩賓娜禮帽之赫拉克利特河流」，則是交給這個年輕讀者，日後持續用這不同機器運鏡的，時間持續流動，但記錄下來的世界，必然是多重宇宙——這種體會，我必須在過了五十多歲後，人生遇上更劇烈、無法弄明白「為何人們會如此瘋狂、殘忍、執念，那個並不是真相的某一極短時間內的，醜聞、豔聞、某人死亡的群體哀慟、某人成為全民公敵？」才從我的老師那學習、體會，我們這個文明並不熟悉的「莎士比亞」，所謂喜劇、悲喜劇、騙子、詩人、小丑（這是後話了）……

事實上，年輕時若把昆德拉的《生命中不能承受之輕》，老實的當作內建棋譜，隨著你的心靈感知，在人世中漂流，到一定年紀，就能體會《紅樓夢》裡頭繁多人物，錯綜複雜的心思、關係，以及利害、不能說出的祕密……

我很怕我這樣說，顯得迂闊，或牡羊座的自大憨傻。但我想以這樣一個「病例」來反照出年輕人，在一種缺乏體系——整個青少年時期像故障的哆啦A夢，混小流氓，然後在大學篩豆機的最邊緣，入了個當時排名最後的大學，然後全然像動物，全然無知其洶猛，將近十年在山上賃租小屋，一本一本的讀這些二十世紀的偉大小說——我完全沒有可作為地圖、迷宮指南的文學史、思想史、哲學，乃至歷史，真的是把那樣像蠶一口口啃桑葉，那樣「喫進自己的夢境深處」，那麼一本一本小說，分不清先後、難易、順序的進入我的元宇宙。真的，我是到近十年，學會上網，才在網路上逐年看不同YouTube、維基百科的鍊結，像補修學分，補足我懸空的對世界史（不論古今、中外）的知識。但你在什麼都還不知道的時候，花了二、三十年，和馬奎斯、卡夫卡、昆德拉、川端、納博科夫……他們小說世界裡的街道、人物，像非常熟的老鄉。

事實上，二十多歲時，你觀測、進入那被驚嚇而比真實世界「歪斜了一點」、「奇異的光照」，一個像品特《今之昔》裡說話的人像夢遊，又似乎他們各自破碎，對於對方的描述，有一種在話語後面，「曾經發生過了的，彼此的欺騙、相纏、憎惡、背叛」，一種瘋人院的禁錮。或是像黃國峻的小說——我們這一代小說家，在三十歲上下的各自作品，曾被稱為「內向世代小說」，一種和現實主義極度脫離，各自用短篇像一個將要核爆，但永遠停止在那狀態的音樂鐘——似乎每個字句串，它們的過度詩意、個人小說語言本身即這個創作的極限內造宇宙，但和歷史、意識形態、資本主義流通邏輯極遠的脫離——但之後的人世時光（如果你不像他們那幾位，將生命計時計按停在二十六歲、三十一歲、三十四歲），如我後來苟活的這三十年，你勢必要面對那二十歲的一無所知的，但確實發生過了，且仍持續在發生的，不論你是活在後來的三十年裡的台灣人、香港人、中國人、敘利亞人、德國人、日本人、馬來西亞華人、以色列人、巴勒斯坦人、智利人、印度人、俄羅斯人、土耳其人、墨西哥人……你一定面臨到極大的這一百年像被某種「上帝之力」捏癟又狠狠甩扔往一種超重力，時又無重力的幻異、痛苦世界，那絕望的大壓力機，踩扁、眼珠暴突、內部撕裂、傾軋，你會從更多可敬的人那裡，學習體會，不可思議的數量、景觀：人類已經歷過的大屠殺，兩種體制的暴力以不同形態施加在不同國度人身上，不同的呻吟，文明的悼亡、流亡在別人夢境中的幻影啾啾啜泣的聲音，但你痛惡這個「現代世界」，以文學的詩意沉浸、迴避那個「昔日的文明大廳」，你又感到卡夫卡、舒茲、班雅明、卡內提、茨威格這些悲傷的鬼影，和你大腦中真實定位的，這個東亞的、第三世界的，極僥倖短暫在歷史暴力漩渦，擱淺在冷戰，及之後的二十年，這一切永不消停的錯移、「被趕出文明博物館」、永遠在寫習作，這個持續的內在傾軋，分崩離析，超乎年輕時想像的巨大、痛苦。這時候，年輕時讀的昆德拉，《生命中不能承受之輕》，真的很像在你一無所知時，拿在手中的小指南儀。

小說不只是那麼簡單的事，它有時近乎像奧運射箭選手，要訓練自己拉弦的手完全不會抖，和自己呼吸、心跳的節奏一致。它需要更龐大的歷史知識，知道我們所在的這個處所，為何像爛掉的橘子的內裡，剝開的外層有青白霉，又有黑色的湯汁。

將傷害的修復；將被掉進瀝青地洞底的救贖

年輕時，讀到沙林傑《麥田捕手》，那埋在這個被退學的少年，一路晃悠回家，這一路他那麼古怪、憤怒，近乎穢語症，遇到各種神經病、大人世界虛偽的人，這個少年和黑人計程車司機打屁、在小旅館召妓，其實是想和那妓女聊天，之後又被皮條客打了一頓並搶收雙倍的嫖資……種種。這書漂洋渡海來到一九八〇年代的台北，我讀了仍那麼有切膚之感，這個世界像一座巨大的金屬怪獸，只是我們恰好在它的排糞口的位置，那種扭絞的金屬可樂罐、閃爍著的老虎機、美國牛仔的香菸廣告、車流中蛇行穿梭的摩托車，我身邊全是和我一樣被排泄、被當廢棄物的人渣……但這時，書的末段，這個少年告訴那個我讀過小說中最迷人的小姑娘，他妹妹菲比說：

> 無論如何，我總是會想像，有那麼一群小孩子在一大片麥田裡玩遊戲。成千上萬個小孩子，附近沒有一個人——沒有一個大人，我是說——除了我。我呢，就站在那混帳懸崖邊。我的職務是在那裡守備，要是有哪個孩子往懸崖邊跑來，我就把他捉住——我是說孩子們都在狂奔，也不知道自己是在往哪裡跑，我得從什麼地方出來，把他們捉住。我從早到晚就做這件事，我只想當個麥田裡的守望者。

年輕我讀到這，真的是淚流漫面。

我如今五十七歲了，回想起自己二十出頭，讀到這樣一本小說，那其實就像聽那個老畫家，充滿感情的說，那幅梵谷的畫、孟克的畫、雷諾瓦，那個畫面中的光源，是畫家發明出來的。就是說，後來我的人生，或創作之路，會陸續遇見一些畏友，切磋、領會，自然我早已知道，小說不只是那麼簡單的事，它有時近乎像奧運射箭選手，要訓練自己拉弦的手完全不會抖，和自己呼吸、心跳的節奏一致。它需要更龐大的歷史知識，知道我們所在的這個處所，為何像爛掉的橘子的內裡，剝開的外層有青白霉，又有黑色的湯汁。同時是透過閱讀小說，其他的小說，譬如麥爾坎·勞瑞的《火山下》，譬如科塔薩爾的《跳房子》；譬如波拉尼奧的《2666》；譬如大江健三郎的小說……你會跟著「不斷累聚的陰影向下望」，至少，光是二十世紀這一百年來，人類造成的痛苦、暴力、摧毀的廢礦大山，你如何在一整片垃圾掩埋場那些腐爛、腥臭、鮮豔的放射性物質的，各種扭曲嵌結在一起的鋼筋水泥塊中，找尋出哆嗦的，比較還是抒情記憶中的「人類」？這是一件多麼艱難的志業（真的，我此刻仍想對年輕的小說創作者，說那個害羞說出的詞：虔誠），很多時候，你像是那部電影《銀翼殺手》中的超級機器人，自己剝開自己開始電路故障的手臂，找尋其中電力蝕漏的錯織電線，精密且「脫離自然」的修復自己。

認真說起來，《麥田捕手》算是難度系數並不高的一本小說，但對一個年輕人來說，那多像是，你要成為一個銀河打撈極珍罕的結晶物的特殊巡遊者，在最初始的內在輸入辨識參照物。

另外一些時刻，我也曾被那故事捲裹其最內，層層剝卸，最後意外的「麥田捕手時刻」打中，掉下眼淚。

譬如我大一時（那麼彆扭、孤僻、人群恐慌症），糊里糊塗看海報，在傍晚走進文化大學大約是電影社辦的活動吧？在一間大教室中，用投影機播放宮崎駿的《風之谷》，當那位少女犧牲自己，被發狂的王蟲群踩踏至死，救了悲慘的自己族人，一個老婆婆說古老傳說，未來有一位穿著紅衣的救世主，會拯救全族不被滅絕，而眼前竟就是這個單薄而犧牲自己的女孩啊。

「維伍絲嘉！」

我記得我坐在那空氣潮濕的黑暗教室裡，眼淚一直流。

幾年後，另一個播放間，另一部日本動畫，今敏的《盜夢偵探》，那一切顛倒歪斜、荒誕痴傻，原來是這整個「進入人類夢境」科學實驗室，背後的殘疾老頭，按著自己陰暗變態的欲望，將所有人（像這幾年經歷的這場大瘟疫）全裹脇進他的夢境中。這裡不細述它的故事切換邏輯，總之，這個女主角，是少數因有精神疾病，而可以以兩種人格，自由穿梭真實界和夢境的液晶屬性。但就是在片尾，整座城市，都被那個畸零老人在夢中，扭造得無法挽回的瘋人院、恐怖嘉年華遊行，這時，這個女主角在那老人的夢境，變成一個嬰孩的形像，然後她開始把老人這一切像天地皆被病毒感染的怪異夢境，像抓棉花糖一綹一綹的抓攥，塞進口中吃掉。

這種「救贖」、「把壞掉的，用一種神性將之變回本來的樣態」——某些屬於小說層次的魔術是，這個「犧牲者」，解開了真實中，難以解決、痛苦、屈辱、冤恨，如前面所說，現代這個世界，被弄成這個「冷酷異境」，像沉沒海底的鐵達尼號，層層壓力擠壓、塌陷在一坨的，一種「現代」之前的人類心靈不曾照見、投影、播放的「被變成怪物」的影像，它有能力將之全景幻燈，如斷層掃描、如芝諾的飛天悖論：將那些痛苦的全息影像播放在我們面前的同時，就預先有一種原諒一切，是的，關於愛的想像力，那麼古老、固執的，是的，其實小說家與遠古那些吹牛的神棍無異，他怎麼可能將全人類（包括一戰、二戰，那麼恐怖的殺戮、那麼大數量人們的瘋狂、邪惡）的噩夢，承擔進一個故事的兜圈，或抖包袱，或像變魔術，把小鳥捏扁，冒出火焰，然後一晃，又是小鳥靈動拍翅飛走？

這當然在我們後來，活在其中，有太多像廉價糖果，粗製濫造的、降維的，純為資本主義更容易販賣、傳播的，簡化的恐怖、邪惡，簡化的痛苦、簡化的民族主義或漫威英雄，一看就是ＩＰ，就是公式的角色們的童年創傷……那就像大江《換取的孩子》中提到的那個童話：地底的妖精，把搖籃中的嬰孩偷走了，換成一只冰雕成的假嬰孩。那個小女孩娜妲飛上天空，在後追趕，但看到地面上，成千上萬個和她弟弟一模一樣的嬰孩，那全是這些小妖精變成的。她拿出一支金號角，吹出明亮的曲子，這是小妖精最害怕的，它們摀著耳朵求娜妲不要吹了，但娜妲一直吹一直吹，地表裂開一個洞，把那些假嬰孩原身的小妖精以漩渦吸回地底，只剩下一個還沾著露水的，真正的嬰孩，娜妲抱著她弟弟飛回家。從頭到尾她的母親不知道發生了什麼事。

假的、偽造出來的，眼歪嘴斜的空洞角色、空洞生命情境，然後輕易按著「說明書」，扔出那只是商品的純真、正義、愛、原諒……那其實是二十世紀這些黃金列陣的小說家們，更大的噩夢，我們要怎麼站在這立足之境，都已是《麥田捕手》那易感少年一路既斥罵其虛偽、同時偶又遇見古老美好教養之人，那個世界N次方的，巨大的遊戲載台——過去二、三十年，似乎我年輕時，只要一週晃去書店，就會撞見一個之前不知的名字，但他的小說完全是一個讓你神魂顛倒、懷疑並思索的宇宙——這個二十世紀小說如神話中人物，兵騎列陣而出的美好時光早已不再。

經過這幾年的全球大瘟疫場景，回過頭來想，二十世紀這些，為何被視為人類創造與心靈之頂尖的，卡夫卡、波赫士、馬奎斯、昆德拉、川端、奈波爾、魯西迪……他們是否有某種類似於疫苗（一種對於會繁殖、侵襲、造成恐怖噩夢的變形、變態之模擬、預言），它們的抵達之謎，常建立於之前的小說，對於人類被之前沒有出現過的隱蔽、牽一髮動全身的扭曲，透過這些小說強力扭造的痕跡，人們心領神會，這新世界加諸我們身上，一個怪異輝煌、焚燒地獄之景。

某部分而言，人類在這一百年之前，從沒有「已經發生的大規模死亡」與「對造成這種怪異死滅之反思」，貼得如此近，近乎無時差，像夢遊者瞥見自己的影子……這些小說，如此怪異、晦澀，需花極大的外掛系統才能破譯、解密，但同時我們機伶伶打了個冷顫，那不正是真實的我們的世界，正發生的，種族滅絕、清洗記憶，喪失作為一個人，自由良善的心靈、對更高心智追求的否定……這一切的災難與厄運的縮影嗎？

因為要辨明真偽，本就那麼難——從成千上萬個一模一樣的贗品假嬰孩中，認出那個真正的、脆弱的、值得將之贖償回來的「真嬰孩」，這童話本身就是二十世紀小說這偉業的第一道難題。所以如童偉格的《無傷時代》，那就是虛空建出一個小說上的「薛丁格的貓」，既死又生，在掀開蓋子，發生量子崩塌之前、無數生的胚胎和無數死去的鬼魂，同時在那「小說家不打開那箱子」，之前的靈動狀態中，不降生到這個「已發生過的世界」。那可以讀為童偉格這個小說家的，祕密的「麥田捕手」之願。

（寫到這裡，我心中對想像中的，正讀此書的年輕人，開心的大喊：「那是值得的！那是值得的！」）

就是對於一個承接了二十世紀那些偉大小說的漫天銀河的，「祕密的麥田捕手」，「死亡」也絕對不是好萊塢電影、火影忍者，或隨意在網路上說不出是過激悲情演出，還是歡鬧謔玩的，哪個綜藝天王之死、哪個網紅之死，或是冰淇淋融化版本的哈姆雷特……這時，你幾乎可以聽見小說家看向他對面那些「關在薛丁格的貓設置之箱」中的，原已死去的人們，每眨動一次眼便都是將在小說中允諾他們的「星光燦爛的重新活在其中的，這位小說家守護的麥田」。

在我們不知不覺，經歷了人類這一百年，從所謂的「城市摩登」，到電影、電視，然後電腦網路，終於被編碼進那龐大資本主義大峽谷的信息矩陣之中，二十世紀的許多不可思議的發明，我竟然還是如此清晰的覺得：「二十世紀最偉大的發明，是這一百年的小說。」

二十世紀的小說

這幾年，我遇見一些非常聰敏，對「世界」、「人類」、「未來」充滿高度想像激情的朋友，他們會在某個酒館、咖啡屋，或我搭他們便車，這樣一小段的時光，說一段「極漂亮的故事」（你甚至可以說，那些故事「極性感」），但那都不是我二十多歲時，遇見這些似乎「愛故事者」的上輩子，那時他們或同樣激情、燦爛，但描述起來的語言可能更加晦澀、朦朧，難以表現一個球體的全輪廓。那時他們和我說的名字，是波赫士、馬奎斯、福克納、卡夫卡、奈波爾、巴爾加斯·尤薩，或莒哈絲……而我說的，這些年，我在一種類似情境的氛圍，那個「愛故事者」和我說的一則則故事，卻多是《黑鏡》，第幾季的哪一集。

這很妙，我五十多歲後生活在其中的世界，如果是讓二十多歲時，在山中租賃小屋埋頭抄讀著卡夫卡，或夏目漱石的那個我，有時光機器來晃蕩哪怕兩小時，是否像《愛麗絲夢遊仙境》一般，如果那個我有一個「覺知並描繪人類已介入、開發、擴占的新世界之疆域」的量子腦，當即能體會，現今這個五十多歲的我，所活在其中的世界，體量可能比二十多歲時的那個我，所活的世界，增大了數千百倍。

當然，年輕時的我藐視之的，電腦、網路、虛擬世界、智慧手機，現在我們像一隻小螞蟻爬在那巨人仍不斷增長，而他身上那件永隨之不斷膨脹、持續編織的毛衣線之微細縱橫間。後來我們目睹了俄烏戰爭，再與科技、晶片距離多遙遠的，像我這樣一個常自嘲「尼安德塔人」的電子白痴，也知道現在圍繞著我們所在地球的大氣層上方，像橘子皮上的小黑斑，布滿了數千顆（且不斷仍量化的持續發射上去）人造衛星，形成了所謂「星鍊」。在YouTube上只要你願意，可以多重看幾次，弄清楚所謂的「缸中之腦」，所謂的「我們所在的這個宇宙，它不是虛擬的機率，只有千萬分之一」。在《黑鏡》這種較近乎科幻、狂想、想像力的「短篇小說俱樂部」的「將人類存在狀態朝向一個其實已經是的，較激進的描繪方式」之前，其實已經有包括《駭客任務》、《銀翼殺手》、《攻殼機動隊》以及包括諾蘭的《全面啟動》、《星際效應》及同時期大量的科幻神片。某部分誠實說，像我這樣的「二十世紀小說前朝遺民」，還是倔強的，偷偷內心冷笑的，在這些二十一世紀最厲害、尖削的發明故事腦袋中，看見波赫士、卡夫卡、瑞蒙・卡佛，這些老說書人他們小說中，借來的某一段基因，或敘事引擎。

我就不在此一一列舉，以對那些意圖將時間的流連，或個人存在的空幻，或永劫回歸的「俄羅斯娃娃疊套再疊套的多層夢中之夢」，或虛空飄蕩的某一段情愛、旖旎、繁華、都市中的時代懷念，其實都只是點唱機裡無數格可選擇的儲存檔……其實，這些使用昂貴資源，將更廣闊、更繁複、更多樣貌的人類命運，戲劇性、荒謬或蒐集奇觀異景的天性，摺疊壓縮在更小的故事篇幅的「二十一世紀說故事菁英中的菁英」，有時並不比一百年前的小說前輩，多跑出哪怕多一層薄殼的，那些大名字，在一些我們無從推知是何種孤獨狀態，對未來的預感，或說對人類這「孫悟空能七十二變」但究竟翻不出更新把戲的，必然撞牆從虛構之筋斗雲摔下的，迷宮的邊界。

但是，《黑鏡》第四季的最後一集，竟出現了一座「黑暗博物館」，這真的非常有趣！它是將前幾季曾以那種「降維的感覺＋永劫回歸」，不同集的科技恐怖，以彩蛋的形式，變成陳列在這間以「收集人類犯罪學展品」的怪異空間，間雜了另三個「科技技藝逾越了古典人類倫理」，成為流利地、痛苦感可以隨電鈕增強至無限的罪與罰，由絨毛布偶其實再現了上世紀許多小說探討的「遺棄」之惡——因為我發現網路上有幾篇非常厲害的評論，說這一集「博物館」概念的出現，對「黑鏡迷」而言是驚喜或崩落？這裡便不展開談這個博物館所珍藏、靜物化的「黑暗」，如果回憶我二十多歲時，從杜斯妥也夫斯基、從拉美小說、從當時在共產鐵幕中的東歐小說，乃至那麼年輕時從大陸小說韓少功的《女女女》、《爸爸爸》，或莫言的小說、大江健三郎的小說，感到心靈地基被「強烈地震測試儀」，不同波浪、強度的劇烈搖晃：所謂人類的惡可以到怎樣的極限？

但「博物館」確實是個——對二十世紀小說而言——讓人心悸動的創造者之狂妄。仔細想，這即是小說地表上那幾個倒影被拖得很長很長的巨人，不約而同在他們「與正常世界歪斜了某種刻度」、「光影變得奇特」，他們的「畸形馬戲團」（想想大江的小說、莫言的小說）、「死亡百科全書」（想想馬奎斯的《百年孤寂》）、「痛苦筆記」（雅歌塔．克里斯多夫的《惡童日記》、普利摩．李維的《週期表》）、剝製那種顫慄、必將死去之美的標本師（大名鼎鼎徐四金的《香水》，乃至於我們前三隻手指，屬一屬二的小說大腦，納博科夫），或是波拉尼奧在《2666》中獨立一章，像昆蟲學記錄寫下了那座萬惡之城，二百個女性被姦殺、虐殺的屍檢報告，有女大學生、櫃姐、妓女、年輕媽媽，各種社會身分、各種形貌的女孩……

事實上，我想要跟此刻在讀我這本書的，某個年輕人，像一個老酒鬼分享他曾經一路喝過的，那些不同入口感、氣味、後勁、難以言喻的無法被複製，某些極致幸福時刻，喝到的威士忌，我無比懷念的想若你還如此年輕，還有那許多傳說中的硬核小說你還沒讀過，但其實在那個最初的、近乎初戀的閱讀時光，你手中任拿著某一本像純金、像邦迪亞上校用手工搥打的小金魚飾品，某一個怪異心靈的小說家，他（她）的某本短篇小說集（我隨意想到的，譬如《張愛玲短篇小說集》、孟若的《感情遊戲》、瑞蒙・卡佛的任一短篇集、舞鶴的《悲傷》、童偉格的《王考》、七等生的《沙河悲歌》）……任一本，任一本，其實我在年輕時，讀著這些「短篇小說集」時，並不知道，某個怪異又孤獨的創造者，其實正向我展示一座具體而微的博物館展櫃啊。

真的，你看，那麼年輕時的張愛玲，她便已經有了這樣的意識：《第一爐香》、《第二爐香》、《沉香屑》……那樣一個摺疊歪曲的「多出來的時光」、一座像用銀箔薄紙捏出來的城市，裡頭那些從古代過渡到現代不成功的，像蠟油棉布裡被凝在既死又生之瞬的蝴蝶。你看那麼年輕時的童偉格，他好像不受到整個風洞實驗室的，從任何向量吹來的旋風的引誘，那些安靜的、溫和的、友愛保持生前那「人的良善」，但其實這每一章裡，每一個人物都被遠超過他們能理解之「命運」，崩塌，埋在無人能挖掘的「死之狀態」。你想想這是多幸福的事啊，那時我還不具備一種「專業讀者的倨傲」，每一件「人類存在時光的摺疊物」，那麼精巧，戰戰兢兢的在這位小說家自己才知道的擺放邏輯，像一隻蜜蜂叮了你一口，那種灼痛、怪異失去止常時光的一瞬，那隻蜜蜂便把針留在你的裡面，它當即斷針、脫腸死去。

我年輕時讀到昆德拉說了這段話，身受震懾：「小說唯一的不道德之處，在於沒寫出在它之前的所有小說所沒發現之物。」但隨著年紀漸長，這具震撼決絕之讖語，像侵蝕我如航行於大海的小舟，時光中展現了許多個年輕時的我不知，許多感覺是在持續變貌中，才會從原本不存在的蕈菇小宇宙中，不為人知長出來的。我們如此渺小，如何能知道「我所寫出的，並沒有早在之前那塞滿整座波赫士圖書館的小說們，所不曾發現的」？

在我們不知不覺，經歷了人類這一百年，從所謂的「城市摩登」，到電影、電視，然後電腦網路，終於被編碼進那龐大資本主義大峽谷的信息矩陣之中，二十世紀的許多不可思議的發明，我竟然還是如此清晰的覺得：「二十世紀最偉大的發明，是這一百年的小說。」當然在這之前，就如孤立山巔出現好幾個偉大的小說（譬如《紅樓夢》、譬如莎士比亞、譬如《唐吉訶德》），但恰就是在二十世紀，我們被戴上「現代小說」的種種「脫離之前那種人類文明」，卡夫卡們、波赫士們、莒哈絲們、魯西迪們，那種種從四面八方、裡面外面，擠在一起的人類表情，或文字如刮刀，在陳述字句串的同時，又在相反的內裡刮出多許多倍的鐘乳岩洞，似乎正就是「黑鏡」這個平滑意象，之前痙攣劇痛、變態前感覺爆炸的那個「福馬林缸裡的嬰屍」，是的，許多種「多出來的，像琥珀裡的蠍子、蜘蛛、蜜蜂，難以言喻，百感交集」，一種（老話）只能在小說之中識描出的人類處境。「純真博物館」、「人類愚行博物館」、「瘋狂博物館」、「華麗的蓋茲比博物館」、「戰爭中的人類失去人類形態之博物館」……

在《卡拉馬助夫兄弟們》之中，那惡之謎團，造成所有人筋疲力盡、發燒亢奮的「殺父」之罪，仔細想其實頗單純，但杜氏可以造出那樣濃煙遮蔽天空、森林中狂鴉亂飛的，所有人的臉都充滿恐懼、厭惡、不幸的，「罪識感」，那種強大的感染力。

惡之謎團

杜斯妥也夫斯基本人的顛沛、身心俱受折磨的一生，似乎就對年輕的我暗示了「這是寫小說之人的命運」，他在靈魂的狂暴，或許一個極大的群體、民族，正像神魔在曠野互相扭絞對方的軀體，那種群眾畫每一張男女老幼之臉，都是驚恐、痛苦、激情，混亂了仁慈、愛，與羞辱後的報復，不可思議的長篇演說，對年輕的我極陌生的「基督之愛」，但又有那麼像哥雅畫作《農神吞噬其子》，那麼黑暗、強暴的版畫動畫。我年輕時渾渾噩噩讀著杜斯妥也夫斯基，在山中每到冬天，便苦寒至極，我後來回想，我那幾年的冬天，一定都出現憂鬱症的症狀。但當時那樣，不上課、不修邊幅的學生，也無須為生計去勞動、和不同的人發生「社會運作的齒輪」，耽讀著杜氏的《白痴》、《少年》、《附魔者》、《卡拉馬助夫兄弟們》，於我很像後來看了《火影忍者》，漩渦鳴人在一絕對純粹之境，自己練習著搓「螺旋丸」。那確是一種用「靈魂」描述之，毫不起悖疑的大腦中的「風洞實驗」。我根本並不知道魯迅、果戈里各自後面立柱投影的時代，民族的盲目暴動、不知將往何去的恐怖。事實上我也無法將卡夫卡的小說，與他所置身時代的歐洲，發生了什麼樣的時事、劇烈的社會變化、一戰二戰將這些帝國捲進的不同狂潮，事實上我也沒有一個穩定、扎實的文學史老師，導引我耐性閱讀莎士比亞，或《包法利夫人》，或《追憶逝水年華》。在我那宅男「地下室」的山中租賃小屋，拿到手，翻開的，就是小說家熟騰騰的敘事。

如我之前所說，這些在二十多歲，像高速公路上的連結貨車，撞進沒做好準備的你的心靈，你都會用後來的一生，去消化它們，弄明白你置身的國度，在這個世界，在這個「現代」中的位置，而你可能幸運，可能遺憾，終其一生不會遇見像小說中寫的那些人物。但杜斯妥也夫斯基，真的是可以在（我閱讀他的小說的二十多歲）許多年後，再回頭想想他所開啟的那個「暴風抽屜」，所謂「偉大的罪人的生活」。

我後來有這個領會：便是之後滑進，或墜落進我置身其中的，二十世紀末的那個，其實已被資本主義撐開千萬種銀光閃閃的支架，那樣一個好萊塢電影，後來的網路，各種城市光幻的街景，各種局部嵌合已無法找出劇烈斷點的「絲滑的世界」，其實要以愛情演劇，或現代小說的層層複瓣、迴旋、攀升，「愛有多遼闊，愛有多深邃，愛有多輝煌」，那個戲劇性的格局，其實是早在杜氏身歷其境的時代，人類終於要把他們駝負在共同身上的，那個神，或說那個千百年來，人們為其痛苦、迷惘、無法直視生命絕望的深淵、無法扛那個超巨大的無意義——他們要把那個一臉悲傷的基督，從身上甩落了——而後來的「此恨綿綿無絕期」，其實是以都會男女、模仿那個累代無數高貴僧侶集體創造的，耶穌的愛可以寬闊、可以容下多無垠的黑暗而讓其有光。

我們也許可以把杜斯妥也夫斯基的小說，視為某種「命運交織的城堡」，某種以痛苦（或是邪惡）的「父之罪」，被羈絆在一起的「待解決的、將臨的悲劇」。當然人們會以他為二十世紀小說的某一支重要源頭，其或許以個人的「人格分裂」，創作出那樣立體、山谷般深邃回音，四面八方，互相辯證、洶湧、煽情的演說，可能是完全相反的人性中的不同善惡，這一切有一種超過現今所有小說家可能布置的「城市演劇」——想想張愛玲、想想薩拉馬戈、想想塞拉、想想卡夫卡，一座哪怕是小城，要動員悲劇主角、男女經濟死生關係、各式各樣上場的人物，那何其難，有一種敘述幅篇本身的容量限制，形成一種環景視角，一種後來出現在電影中的，無須小說文字再現，而用主人公們移動、進出的「場景全在鏡頭」，譬如說伍迪．艾倫，譬如說《神鬼認證》，譬如說溫德斯的《慾望之翼》或《尋找小津》，譬如說蔡明亮的電影、王家衛的電影——但杜斯妥也夫斯基有一種「旁白介紹者全攬敘事，由他交代出蛛網密布的，這主要人物『聲音與憤怒』之外的，『大家』對這每一位男女主角的，世俗視角的八卦，像一股一股旋風纏落葉團飛的，一種預知死亡記事，一種看好戲的亢奮，一種某一章節是如這種旁人八卦轉述，下一章節．讀者恰被帶領親臨現場的莎翁等級演劇（但只是那複雜人物命運、光與影、純真與卑鄙、瘋狂與救贖、漫長鬥爭其中的一小段）」，杜氏這種豐沛的、洶湧的、極擅於讓人物在極原創的、激越的「不幸之幕」，某個女人在遭遇那不可思議的羞辱、被糾葛的出場前的不幸婚姻，或巨大醜聞，在這樣的某一場「連環爆」，主人翁交替如同俄羅斯輪盤賭，瘋狂、自殺式的，為了毀滅對方，那女人或昏厥、嚎哭、被女伴扶走。

這種「杜氏等級的小說核爆連環套」，可能只有他的力量，將靈魂變成一種燃爆敘事如列車，那樣笨重，卻可以轟轟冒煙，高速前進。也就是說，如果你在小說最初的啟蒙時光，讀進了杜氏的這幾個大長篇（著過他的魔），之後，你再讀哪怕是福克納、馬奎斯、魯西迪、卡夫卡，似乎都只是某一部分「那種全面燃爆」的縮小，或刻意反向。也許你可以在卜洛克的推理小說，找到某種單獨處理的，惡的迴圈的謎之探源的快樂，但絕對沒有人有那力量，把複數級的幾個重大變態，或惡人的心靈玫瑰花瓣，完全超時代的心理學極深沉的地下室，那樣像群神出巡、打架（或群魔大摔跤）的力量規模。

可能是，一百多年後的我們，所謂的「命運」全被解構掉了，人和人不可能以那樣規模的狀態，裸命相撞，但那種從卡夫卡之後，我們才懵懂體會的，左突右轉都是撞牆的真相，那些沙沙沙如雨聲，不，如影片播放機器後面的雜音，它不再以「靈魂」的初始大哉辯論，上演煙火大秀，而是無所不在的，早在幾百年前被掠奪的幸福、文明，被捻熄的夢想，它們以一種流產死胎的殘影，存在於現在的小說家世故的眼皮下，我自己是直到讀到波拉尼奧的《2666》，才有一種規模相近的恐怖感。但那已是完全不同的「小說家身體勞動方式」才能收集而成的人類罪惡、痛苦、瘋狂、被神遺棄之絕望，那無數小瓷磚拼貼成的大教堂。

仔細回看，杜氏小說中的人物之罪，之惡，比起後來這一百多年來，人類所犯下無論從其規模、怪誕、驚悚——不管是納粹集中營創造出來的無邊地獄，或史達林的大清洗乃至種族滅絕，或文革時在中國城市或農村，後來這許多小說家寫之不盡的「純粹的惡，純粹的集體瘋狂」，或是無論大江、納博科夫，或是韋勒貝克，其實他們「眼瞳被灼燒變成灰白」所見的惡的繁複、怪異、內凹變形，甚至不用小說家！現今在網路YouTube上，看到某個影片回放的，二十世紀那些怪異連環殺人魔——說來杜氏即使在《卡拉馬助夫兄弟們》之中，那惡之謎團，造成所有人筋疲力盡、發燒亢奮的「殺父」之罪，仔細想其實頗單純，但杜氏可以造出那樣濃煙遮蔽天空、森林中狂鴉亂飛的，所有人的臉都充滿恐懼、厭惡、不幸的，「罪識感」，那種強大的感染力。

當我們出現了這個懷疑，那便是久違了的「小說意識」再度瞬現，是的，小說不可能如上帝之眼，在一多維膜同時感覺湧現的小眼球，將人類所有的惡體現。也許我們讀十字軍東征史、讀蒙古帝國屠城戰史、讀五代十國史、讀赤柬的大屠殺史，或西班牙人如何將阿茲特克整個文明滅絕史，能感受到和一戰的文明毀滅、二戰的系統性大屠殺，比重難分的恐怖與痛苦。甚至我們如今在網路上讀到的某些「小說」，它可能只是一個閱世甚淺的宅男，在自己的內心世界，虛構出層層複瓣的「最邪惡的老人、黑幫老大、掌握最大權力的變態」。但我們閱讀時，難以產生千萬分之一，讀杜氏小說後，內心湧動的「對人類之罪的深刻反思」。

當然，我們後來讀過了柯慈，我們約略能體會，杜氏小說中，性格強烈差異的，以《卡拉馬助夫兄弟們》那三兄弟，米卡的狂暴，似乎以己身吞下「俄羅斯人」全部的痛苦、屈辱、自我暴力、原罪；伊凡，那陰沉、不信神、絕對的現實主義者；阿萊莎，那絕對的天使、純潔的，簡直是耶穌的非受難形象化身……那湧動的「彌賽亞」，我們後來略能找到這和後來貝克特《等待果陀》的連結。但認真的說，二十世紀的小說，不，人類所發生的，經歷的一切事，都像是用鑷子把玻璃眼球拿掉，把「彌賽亞」摘除了——這可能對我們這些東亞的，非基督教文明的讀者，「並不知道發生了什麼重大的事」。所以，一百多年後讀杜斯妥也夫斯基，那個幸福，正在於他真的像個賭徒、酒鬼，把上千扇的彩繪玻璃，全扔擲進「彌賽亞」的夢幻裡。那種一定要把你靈魂深處，倒插著的盤錯樹根：那是什麼？對神的負棄，一種巨大到後來的不幸、苦難，並非如馬克斯他們抓到了原兇的「階級」，或二十世紀許許多多超大規模的種族滅絕，那簡單粗暴的民族主義，在杜氏那裡，就是「罪」——他那麼有感染力的，讓我們感受到那種塗膏者，給予最後的正義、復活、愛之充滿，那種將臨而一直不臨的騷動。因為他的小說裡，空氣全像充滿大麻那樣充滿著彌賽亞，所以他筆下的大兒子、二兒子、小兒子，以及那些背負著其實和馬奎斯筆下的女性、莒哈絲筆下的女性、昆德拉筆下的女性，其悲慘命運並無二致，但在我們閱讀的後延記憶，那種不幸意外的性感、脆弱、充滿等待你去拔除的那許多玻璃碎片，那樣的力勁和規模，正就是彌賽亞。

這是杜氏的贈禮，可以說是後來的人用刮刀，刮下來極厚的顏料層，他奇妙的小說音域。那隱藏在不同人物的各自內部、奇妙的「自帶流動之光暈」，就是杜氏他「多出來的愛」：即使衝動、笨拙、做出世人眼中暴衝，甚或是最嚴厲的對這種愛的批判、嘲弄、毀滅的拳擈，那個活生生的劇烈搏跳，都始終充斥在那些人物裡。

卡夫卡筆下的土地測量員，總是多出一種說不出的夢遊感，甚至我們努力跟著他那徒勞無功，迷宮中打轉，和不同輪轉的人們，固執要找到進入城堡的核心。仔細想想，他的荒謬倒楣，不正是我在這個大體系不同角落，同樣遭遇的這半輩子麼……

迷宮

幾年前我生了一場大病，心臟莫名絞痛，當時去看一位老醫生，他對我非常慈祥，在電腦上幫我勾了恐怕有三十項的各種檢查。但這些包含了驗血、驗尿、照X光、斷層掃描、胃鏡……還有各種時日稍久，我不復記得的檢測，並非像自費健檢，集中在一天，在醫院的某一層樓，像過關一間間門診接續跑流程；而是分散在三個月，不同天，預約的，我必須跑台大醫院（那間老的帝國建築），報到、掛號、在迷宮般上下左右不同科，穿過那些挨擠著的，由外傭推著輪椅，掛著輸液架的老人們，進入一種漫漫等候，那對我變成一種災難——那時之前的我，雖生過各種病，但都是快刀斬亂麻，或去急診報到，然後醫生讓我拿單子去做幾個檢查，可能便分科到病房，或動手術。當然那之後的我，身體健康陡坡式下墜，我後來也體會了「慢」，急不得——那種暈眩的，心臟確實不祥的疼痛著，所以乖乖照著那預定的安排，在那個龐大、說不出紊雜，且我完全不懂其專業知識，所以只能馴順聽任不同門打開，可能工作壓力太大、脾氣不太好的護士的指示，但每週去三、四次那巨大建築，眼前的老人們全在一種生命衰弱的歪塌狀態，然後不知這樣的漫漫等待，終於輪到我時，那真正單項的檢驗，常只有五分鐘……

我對朋友說：「唉，那真是個『卡夫卡式的噩夢』啊。」

但朋友們對「卡夫卡式」，聯想的都只是最經典的「有一天早上，約瑟夫醒來，發覺自己變成了一隻蟲」。最現代意識的變形記。

而我說的「卡大卡式」，其實是我年輕時，花頗長時光抄寫，始終不得其解的，他的長篇《城堡》。土地測量員K，來到一座陌生的城堡，遇見一些說不出，既合理，但又總缺乏什麼（似乎他們都無法和他，進行真正的對談，總聽不懂他說的話，逐篇累積，你也和這土地測量員K的多疑、固執一樣，懷疑這些人背後有一看不見的大陰謀，他們只是像機械鐘上的傀偶），發生了一些事，慢慢的消磨他的意志，始終像從房間衝出走廊，但那掌握他的合法身分的「官員」，或重要線索的「知情者」，永遠一閃而逝，躲進迷宮的另一轉角延伸的甬道。

年輕時的我缺乏歷史知識，也沒去找（那時還沒有網路，沒有電腦）相關的

「卡夫卡研究」，也不知他所處的時代、歐洲，或他死後發生的世界大戰，與恐怖集中營大屠殺。只是純粹的當「一部偉大的小說」，像空曠、空洞場景裡，斷瓦頹垣的神廟巨大遺跡、巨大雕像的殘骸，在那種「內稟比我所在的這個東亞小島，要空曠巨大許多的骨頭空隙」，包括後來讀的《等待果陀》，那種在我之前的生活、人際、語境，皆不熟悉的，硬生生拉到一個我無法調度之前的真實經驗去比附的，「多出來的，人類的怪異感覺」，似乎必須要日後，許多年後，你真正脫離了「孤自的孩童身分」（事實上，這種涉世未深，是可以讀懂馬奎斯的《百年孤寂》，或福克納的《熊》，或莒哈絲，或卡爾維諾），但是，卡夫卡和《紅樓夢》，都是要年紀略大，累積一定的世故，突然從後腦杓追擊而來，啊，原來是這樣，那種能觀看、體會全景的感悟湧現。

對一個東亞亂嘈紛雜，街景猶從大批田地、水圳、殖民前世、中華符號，甚至空氣在一種壓抑，但市井極騷動、紛繁、一些大樓轟轟蓋起、每個人多少都有搭乘藍皮火車，和那些在自己疲憊、安靜的陰影中打盹的老人、婦人、小孩、阿兵哥、擔著自己農貨或雞鴨的農人，一起晃蕩……對這樣一個上世紀八〇年代的小島青年來說，閱讀卡夫卡，就像體會一個用長鉛管吹出高溫，變形中的一坨溶液玻璃的工人。你自己肺裡面的什麼（靈魂？）不斷吐出，在一個極遙遠，但似乎介於成形、不成形的異國小鎮，感受「人類」（是的，是這個詞）和你周遭那一切，原本以為確定、默契、不言而喻的「應該是這樣寄生在其中」的親情、社會關係、情人、你的職位帶來的可以下命令的手上、在酒吧遇見的陌生人……這一切其實像吹玻璃一樣，耗盡卻「不是真的」。只是一個發生在你這邊的崩塌，那熱溶漿玻璃便逆流，將你汽化。

抄寫卡夫卡的《城堡》，和同時期抄寫川端、芥川、福克納，甚至昆德拉，完全不同，得不到那種三、五行文字便掉入其中的紋飾、物件百科、人類行運的悲劇性，詞彙本身的繁複錯置之吸收進你的大腦、感覺庫。抄寫卡夫卡，時日較長，好像它在訓練你成為一個「情感障礙者」。

當然你並不知道他，或是他之後一整代猶太人，在怎樣的一種被去人類化的處境。對這個熠熠發光的文明，遽然被攫奪的巨大感覺。

童偉格在《童話故事》中，引一九五〇年代的凱澤爾，「從十六世紀、十九世紀經二十世紀一路考察，將卡夫卡個人的萬鏡之廳，涵容進『怪誕』這一滑稽與恐怖的洞窟裡：第一，卡夫卡的世界，是一個封閉，但人物在其中，精神上卻沒有任何分裂現象的世界；第二，卡夫卡的夢幻色彩，在於以不斷出現的大量精確細節為基礎的結構原則，人物的挫敗，來自所有解謎的嘗試，都被這些任何理性的解釋也不能說明的細節給挫敗；第三，卡夫卡作品中的敘述人，對各種情勢的反應很出人意料，於是，他也就或這樣或那樣地與我們疏遠了。」

這寫得多好！其實，我這本小書，起心動念時，必須壓抑一強大的，回頭去翻童偉格《童話故事》的任何一章之衝動，我很怕一翻，就像野蠻人見了遠超過幾代文明，高科技鍛造的貴金屬鱗片太空人裝，為自己粗鄙的衣不蔽體掩面啜泣。但講到卡夫卡，我忍不住去翻《童話故事》，很奇妙的，某一章他是將卡夫卡與佛洛伊德並置在一起寫，這有一段文字，是童偉格風格，但寫卡夫卡，美到讓我忍不住抄錄：

人於哀悼中，經歷一種黑暗，巴特說，可怕的是，它斷斷續續，卻又不動如山。這或許是說哀悼者的心，就像中歐內陸，定期會氾濫成湖的平原，表面看來生滅自然，但其實，能在那裡常駐的生物，都已為了適應斷續枯榮，長成特異的樣子了；沒有一株倖存的草，不是為了避免自己被水灼傷，而奮力拉扯莖幹，長出永久的水中葉。這或許亦是說，哀悼是這樣的：當我惜愛那人，假設那人是發光體，從至高處摔落向我，發出呼叫，我將見證那人的慢速星散，或遷就速率的分部重整。因為距離是那樣遙遠，我首先望見那人拖曳光芒，劃過闃靜夜空。良久，呼叫才如同聲瀑，在我耳邊順序炸裂。最後，那人才終於如同一枚揮燃殆盡的隕石，黝黑無聲地墜落我面前。因為是這樣綿長的死亡觀望，所以我其實不該說，我惜愛那人。雖然，我已捻熄一切燈火，平靜所有日常燈火，確保那人跌進的，會是一個純粹的永夜，直達我左近；確認在那黑暗的等待裡，我所見聞的，已經都是他。

這寫得多好！原來我前面說錯了，抄讀卡夫卡，那難以言喻的「無法抓住細節」，始終有一厚重之殼隔擋著，必須幾乎有足夠的專注、耐性，甚至心智，將整本書讀完，才略有一囫圇的領會，這並不是他比閱讀福克納、川端、莒哈絲，「更不孩童的世故」，反而是，他一直保持一個，「過早的，腦中充滿著也許是猶太教奧祕世界，充滿神的譴責、高空知悉一切，也許這孩子只是自瀆便深覺自己十惡不赦，也小心翼翼不侵犯驚擾他人」，他所謂的，歐洲心靈，在所謂科技的、理性哲學另一面的，持續、延續的靈魂教諭、規訓——我錯誤的回想，那像是，我同樣在二十多歲的，完全不懂前因後果，看到夏卡爾的畫，那個完整的，良善古老美好的，什麼心靈之膜的夢幻感——而卡夫卡，那受驚的、受創的，在既是自己人又是他人，既是自己的神聖身分被確定後（如果），會對自己有禮、謙卑的，這個城堡外圍的閒雜人等，此時（太長的一個過程）卻像每個人都否定，或考驗、或密謀互串，一種拒斥、阻擋，甚至隨時會施給暴力。這一切被土地測量員精密記下，在如一片小小電路芯片的城堡方圓裡，但近一百年後的我們，活在其中的世界，所經歷的這個世界的景觀，恰是一萬倍、十萬倍，這樣的「卡夫卡晶片」的擴充疊置。而且不是十萬個卡夫卡城堡，它像異形，自體融合兼併、濃縮或延展，形成一個更大、沒有邊界可逃的一座，還是可以用「卡夫卡城堡」稱呼之的超大，無法反轉了的異化世界。

卡夫卡當然是影響其後近一百年現代小說（乃至電影），許多不言而喻的「人」，孤立的這個人，要通過一個類似渦輪機通道，或將之前的「流浪漢傳奇」（公路電影）、一段原本漫遊在旅途中的奇遇、蒐集這世界你所不知的奇異人事，他把它內向封成這樣一座，按照不可知的官員，在城堡中心，交付出來的各種絕無法協商的命令、規定，這是極原創的發明。昆德拉說，塞萬提斯說《唐吉訶德》那故事，時間上沒有限制、空間上沒有邊界，那屬於說故事的無比自由幸福時光，早被遮斷了城市天際線的那些媒體大樓、法院、醫院、警察局大廈、大學……截斷了，從此以後的小說家無論你寫怎樣的故事，你的主人公都難逃是土地測量員K。

有一天，我早晨到達桃園機場，我要搭十一點起飛的那班飛機，因為我到達香港機場，出關耗去的時間，再搭的士到香港科技大學，約要四十分鐘，通常我會進自己的宿舍，稍微喘口氣，準備一下，然後去上下午三點的小說創作課。原本我的妻子在網路訂票是幫我訂前一天晚上的班機，那樣我可以在香港宿舍過一晚，不那麼累。但前兩天，我又因為那前一晚和朋友有約，我太太復上網幫改票成，前面說的，第二天上午十　點那班，網路上的作業非常順利完成，當然多付了一些錢。

但當我到航空公司臨櫃時，一個年輕男子告訴我，必須我妻子在一旁拿出她的身分證件，證實這個臨近的改時購票是她本人。我完全搞不懂他的邏輯。我試著說服他，我現在再一小時，包括通關，穿過那機場迷宮，飛機就要起飛了，我有一切證件：護照、身分證、香港短期工作證，甚至台胞證，我太太訂的票也是寫我的名字。但他像被輸入重覆程式的機器，就是宣告「規定」，因為害怕詐騙，改票的時間太近，所以網上刷卡付費的本人（我太太）必須在場證明。我說你們是傻了吧？我太太現在人還在台北睡著呢，你們是要我叫她搭計程車趕來，只為了證明這張機票的刷卡是她本人？她並沒有要去香港，所以「一定要本人」的意思，是她和我一起在你們櫃台這，證明完是她本人刷卡後，然後她再搭計程車回台北。而我則出關，且可能已趕不上那班飛機。

我後來也打電話給妻子，我們交互質問這是什麼爛規定，一位看起來比較世故的經理或老鳥同事湊過來，我（那時已生氣了）像訴苦跟這麼始終帶著貓臉微笑的，其實也比我年輕三十歲吧，穿制服的同事，又重複說了我的狀況，現在這天外飛來的規定多莫名其妙。然後我靈機一動，拿出手機拍攝整個我和他們爭執的過程，那個貓臉微笑的同事（我以為他會理解我說的邏輯，其實他和原本那「重覆規定男子」是站一條線的），他微笑著、淡淡的說，「您攝影沒問題，您剛剛說我同事『腦袋有問題』，我們可以控告你公然侮辱。」我說：「我不是說他頭腦有問題，我是在自言自語，說想出這個規定的人頭腦有問題。」

他翻白眼，保持著他和他同事，站在那櫃檯後的「職位絕對專業性」，但後來，我妻子從手機傳來她購票證明的照片，她的身分證照片、信用卡照片，並且我們各自身分證上的配偶欄寫著對方的名字。這兩位（我腦中已出現了「卡夫卡《城堡》」中的那些官員的手下，這個詞）年輕人，在一種不承認自己的規定邏輯之怪異，而是像他們的權限可以通融我一次，突然就可以了，又進入到我們平時到航空公司櫃檯的服務：印出登機證，說了一句：「因為經過我們檢查，您符合對的狀況，所以可以了，您可以進去通關了。」

當時我突然湧出，與他們無關的悲慟，我（在他們眼裡應是一個老神經病）近乎哽咽的說：「不對的，不是對的狀況，你們還如此年輕，如果能多讀些小說，多體會他人的處境，你們怎麼可以完全板著臉，不獨立思考，不想清楚這個『公司規定』有多荒謬？」

當然是在他倆微笑、不理會，像是終於把一個惹麻煩的怪人打發走。這是一件非常小的事，即使最後是他們口述的怪異邏輯獲勝，我這邊的損害也不足為道。問題是，這個世界，一百年來，這個「卡夫卡寓言之網」，天地封蓋，無所遁逃。

其實就我印象所及，西方現代小說，有幾個了不起的小說，主人公都是這種跑到單一人類感覺之外，必須有某種專業技術、與正常人之眼所看見的「世界」完全不同，譬如卡夫卡《城堡》裡的土地測量員、薩拉馬戈《里斯本圍城史》的校對員，或者赫拉巴爾《過於喧囂的孤獨》裡，那個在地下層將城市大批回收垃圾的書（包括柏拉圖、各種版本聖經、老子、佛經，各種當時歐洲走紅的哲學書、小說、雜誌、一纍一纍報紙、戲院海報、納粹宣傳手冊、照相館的裁餘相紙、無數仿冒畫）全用壓縮機打壓成一大包的人，或者勉強些說，徐四金《香水》中，那個剝美女頭皮的香水製造師，或是像波赫士本人的形象；圖書館管理員，被他的膜拜者放進小說《玫瑰的名字》反串成一個捍衛人類知識神聖性的瞎眼老人。這些——如同最源頭的卡夫卡《城堡》的土地測量員K，他的職位，進入這個身分的，拉高成與凡人不同的「另一種觀測視角」，必須有更高的，例如官員、不可知的力量、上帝，或人類過往歷史，所賦與指派——丈量者；大量閱讀過往史料、眼球近乎一台檢測儀；或是人類篡奪造物者的神祕能力，讓人驚駭的、精神上並未上升成神，但可以造成神展示的奇蹟；或是所有人類文明，終究白忙活一場，終究成為鼠屍蠅糞與城市下水道髒污之物，打包、棄置的整大坨「心靈史」嗎？

土地測量員，對於城堡裡那些「本來就在，一直都在」的住民、街坊，或各種（也是標籤式身分，或空洞的名字，或與名字連接的親屬關係）旁觀人等，這個男人是不知道從外面哪裡跑來的，自稱自己是被最核心官員任命的，一旦確定這個任命，他就可以抽離出和玩日愒歲、馴順在一齒輪運轉中活著的諸人，似乎不一樣的、某種乖離出生活本身，但是其掌握之專業不可冒犯的，「公職人員」。

但說真話，一百年過去，卡夫卡的這個土地測量員，比起前述那些，圖書館館長、歷史檔案校對員、香水製作師、地底廢紙廢書打包回收員……總是多出一種說不出的夢遊感，甚至我們努力跟著他那徒勞無功，迷宮中打轉，和不同輪轉的人們，固執要找到進入城堡核心、面見官員的這一切過程，我們會把自己投射到這個土地測量員K身上。是吧？是噢？仔細想想，他的荒謬倒楣，不正是我（或其他另一個讀者）在這個人體系不同角落，同樣遭遇的這半輩子麼……

只要是，他的「任命身分」貫通全書，始終懸而未決。「他真的是個土地測量員嗎？」小說的迷宮兜轉，最後耗盡他力氣的這些車輪戰上的，好像是盟友，好像是背叛者，好像是銜藏來自高層祕密的自己的希望，卻又有不慎，自己犯了大諱的竟引誘了「官員的情婦」……他始終沒有展現出，一旦若是他的土地測量員身分被確定，他要做什麼？怎樣使出他的專業？事實上，他就是個始終到達不了其「現代性意義，那種分門別類、管控失去古典時期人類自由、無時間空間分隔感，大量靠依傍、交織、挨近、人我之防液態互浸，管控這一切的絕對系統中，某一層級的」，即使只是地位極低的技術小官僚，譬如說，我的爸爸是個老師、我的媽媽是個銀行小行員，我的姊姊曾經是一家外商藥廠總經理的祕書，我的岳父是當年中華商場許多家賣獎盃獎牌小商家其中一間的老闆，他的一個姑姑曾是新店一間廟的住持老尼姑、我大學的一個好哥們的女兒當了空姐，而他本人在台中捷運局當站務人員……

卡夫卡特別之處，在於他不像譬如日本戰後派小說家，乾脆一頭栽進，主人公就是社會零餘者或精神病院裡的被禁錮者；或如魯迅的《狂人日記》、或如葛拉斯《錫鼓》那樣大展幅的記錄戰爭，但敘事者是一侏儒。卡夫卡的土地測量員K，是《蛻變》中那個變成一隻蟲的可憐鬼，在一種「薛丁格的貓」，要變不變之間，像不知道自己已死的鬼魂，仍在他以為該辨認出自己、該給自己一定尊重的人世亂闖。我們自然無法仿製其夢幻、靈性，但像在未乾前水泥出泅泳，那種持續不中斷的疲憊。

現代小說必然有因觀測、獵取所產生的內在暴力，很多時候，我們崇敬、不察，乃因這種小說是以小說家自身為殉道場，為破碎崩散的玻璃鏡牆，為地獄變，去觀照「這一百年來的人類歷史，難以析離解構的暴力超結構」。

殉道場

「她在最愛的時候都做出依戀、做作，和想像中伊人的樣子來，哭起來。她也告訴你，她也要這東西，要你的心，你的心就是她的心。像演戲，一會兒扮演一個心愛的角色。她對自己演戲，現在還在演戲，好像可以這樣一下，那樣一下，一撇，一捺一豎一彎勾！」

「我的靈魂到哪去了，有時候相愛，有時候靈魂就飛走了。真像蛋殼一樣。我有這個寶貝，別人沒有。有時也真孤寂，找不到一個靈魂。能找到的都是生活。

真渴望被精美的愛。可是我知道，沒有比相思更美的，相思真像光中飄著的線。一頭沒拽住就飄下去了。

兩條線跳同一個舞蹈，拽緊了就成織布機了。全動心就壞了，鋼琴只能彈一個琴鍵，一種不知道的美麗，一種好像知道的美麗。」

「雷我愛你，我敬你呀，不是愛你。你老是不讓我走出去，我真喜歡這種安全……

我雖然想讓你成為我的同謀，但我知道你不喜歡，這不可能……

雷，我告訴你吧，我的心就是女孩子，誰碰了我的心就犯了我。」

以上這三段文字都引自顧城的《英兒》之第一章：「遺囑」。事實上應該是（照原本計畫）留給妻子（在這小說中稱之為「雷」），在他美而自由飄絮，但又常打岔離題（腦袋中有「兩個小人在打架」），一種看似心智將崩解，其實是對極親愛之人，急匆匆在「即將來臨的行動」前，留下的遺書。那種風鼓搗著紗帳，沒說清楚但讀者大約可猜到的：就是原本這個顧城（成長經歷背景，正是中國大陸恐怖的文革）在自己精神世界，發展出一個「現實中完全不可能的，《紅樓夢》中，賈寶玉那樣的純情真心小宇宙」，這在當時整個共和國的社會現實（別忘了，同一年代，也冒出了年輕的莫言、王安憶、余華、韓少功這些天才小說家），畢竟不可能如織布機造出一個「賈府」那樣官家家族體系，稍躲開賈政代表的儒教建築，在以賈母、王夫人、鳳姐為藻井之柱頭，圍繞著眾多女眷、小姐、大丫頭、小丫頭、老媽子、圈養戲班子、僕傭……同時其他男性如賈璉、賈環，都是些還停留在《金瓶梅》裡那些浮浪鄙俗公子；這形成一種AI的層層系統也發展不出來的，只為「萬豔同哭、千紅一悲」，這些女子的不同心性、美麗、命運、動態疊架時交手的心機（主要是那後面各自的文化資產），這樣眷養著一個感受力萬倍於正常男子的超級大腦——賈寶玉。四百年後的顧城，在一片文明廢墟景觀，內鍵了（或說通透覺悟了）一個其純淨、爛漫、才氣靈性極接近的「自我賈寶玉」。

如果沒有發生最後那恐怖的悲劇，其實年輕時我看書上的照片，比我讀到此書早十年的照片裡的顧城夫妻，真是一對神仙璧人。照《英兒》小說中的敘事來看，雷（也就是顧城的妻子謝燁）真的是個「現代薛寶釵」，真的！人美、才氣心性高潔、大度能容，把在真實生活中完全失能（但又是中國第一天才現代詩人）像小孩子的顧城，照顧得好好的。甚至也依從這個燦爛童話天才的設計，兩人離開中國，也不到西方，跑去南太平洋的一個「激流島」——完全的二十世紀〈桃花源記〉——自己蓋屋、墾地、養雞鴨。說實話，我年輕時閱讀此書，三十年過去，我腦海中還是有這錯幻認知：他倆就是賈寶玉和薛寶釵投胎轉世（但一想那又只是一部偉大小說中的虛擬人物）。

好的，回到這本《英兒》，乃至於這篇放在全書前的「遺囑」，作為啟動，或反轉這本書的「追憶逝水年華」、「如花美眷，似水流年」、「原來奼紫嫣紅開遍，似這般都付與斷井頹垣」，有另一個女孩——就是英兒——在中間幾年，闖進了這對夫妻之間，是的，照顧城的「女兒國」想像，這英兒「演」的正是林黛玉。他們成為一種三人共同生活的「實驗室狀態」，這個情感張力當然全壓在雷這位正版妻子上，但像精神病患的勒索：「妳是薛寶釵啊！妳要演好妳的角色！」所以丈夫迎了個新女友來同居，雷得扮好那個賢良、識大體的角色（微笑的、眉毛挑都不挑一下），像小母親照顧這整個扮家家酒（她其實也懷孕，生了個孩子，但顧城完全沒進入父親角色，甚至和這嬰孩爭寵），照顧這對「賈寶玉和林黛玉」，甚至幫他們準備保險套。如果我們的「讀者同理心」押在這篇「遺囑」的時間點，大約也明白，那個不在場的女主角，玩了幾年，不玩了，跑了，跟個白人老頭跑了（以正常人的觀點，就是從那神經病唬爛的夢之王國，逃出來了）。這於是可以看出這封遺囑，像是對站在身後，始終不離不棄的正妻，雷，表白「我最愛的是妳」，「英兒愛演戲，我其實早看出來了，只是跟著她演」，然後，任性的他向妻子宣告了

「一個計畫」，他要寫出《英兒》這本至情至性的書，然後就自殺。因為他文字那如夢如幻、自由噴灑的光影，我們讀時一邊暗自浮出「你他媽的自戀，自己玩爛了英兒這局，然後摁著雷的頭，也不管她和兒子，然後要演這自殺大戲，還要留本曠世神作，讓英兒她一輩子被這個『自殺——書寫』計畫追擊至死」，但同時又著魔於之後展讀的每一段文字。

對了，跟《紅樓夢》裡，寶黛戀那因為命運、偌大大觀園的眾多人物對比，始終在一精神性的糾纏與折磨，證對方之真心，作為對比，《英兒》裡其實對「激流島」上的追憶逝水年華，很大篇幅是實寫性愛，但美不可言。也就是說，英兒這個年輕麗人，和顧城在「遺囑」中對妻子雷自稱「我其實是女人」，那種讓人頓悟，《紅樓夢》中的寶黛純精神愛，是不可能的，英兒的「作」、「演」，許多時候，是小女孩不知外面世界有多大，多複雜的性、權力、資本換算，只在這小小三人王國，使心計想篡雷的「正位」，但實踐在幻美如畫的田野中，女孩美麗的胴體，性愛中斷間場「夜半無人低語時」，那種被詩人捕捉到的靈光瞬刻，等於是完全卸去了《紅樓夢》、《金瓶梅》那些疊床架屋、權力結構之錮禁，現實經濟才能累贅盈剩的情趣、風月，直球對決，這樣漂亮，著迷性靈、真情的年輕一男二女，那麼自由的在一與世隔絕的小島，不需要像梭羅的《湖濱散記》，可以如最清晰的觀測鏡洞，看著那麼真，那麼死啊活啊、你啊我啊的絕美身體在性愛。想想二十年後讀到的，韋勒貝克的《無愛繁殖》，以及那麼巧的《一座島嶼的可能性》，那種失去「個體對另一個體，像吸了最純海洛因，那種狂迷、美的針尖上的愛戀」，只有無限暢飲，轟趴中千百具可以隨意交換的性交對象。我們就可以凜然感受，顧城的「不瘋魔不成活」，恰可和川端的「千織萬線蓄力收控之傀儡師」，同樣是，追逼那一瞬不可再現的絕美，絕美必然付出的崩斷、壞毀，但現代小說，就是抓住這一蓄力的凍停時刻。

如果《紅樓夢》裡的林黛玉不死於肺病吐血，寶玉的婚事始終懸而不定，賈府依様如海市蜃樓抄沒了——我想我這一猜想許多人要罵死我——但至少，沒有用「那個」版本的悲劇崁死的林黛玉，在二十世紀會是如何？我們至少有幾個版本：張愛玲《半生緣》裡的曼楨，或《英兒》最後脫下戲袍落跑的英兒。

我先說這個二十世紀的「魯賓遜版紅樓夢」的結局：二十多歲的某天，我和年輕的妻子（我們都是顧城的詩的粉）住在陽明山上，從報紙讀到這個新聞：「大陸著名詩人顧城，在激流島家中，用斧頭砍死妻子謝燁，之後走出屋外，上吊自殺於一棵大樹。」

回憶中的時光摺疊，失去了原本或許更長些的間距，總之，好像不久後，讀到了這本《英兒》，那個「三人世界」的純真、爛漫，令人暈眩的像折頸天鵝的優美，那讓閱讀文字的眼睛，像看了一場獅子座流星雨，或晚明小品說「一場驟雨，讓西湖畔所有的桃花樹『洗紅』」，漫地不可描述，如夢如幻的落瓣紛紛」，甚至像Jackson Pollock的油畫，不可思議，詩人將自己腦殼打開，那魔幻、透光、色彩靈性縱恣的一瞬，既定格，又在每一散布點湧動、顫抖，發出星空般的光輝。

我無法比較，在年輕時，不同先後時光，讀了太宰治的《人間失格》、邱妙津的《蒙馬特遺書》，和顧城這本《英兒》，對我內心造成的巨大衝擊，「整個世界的光度被激烈調變了一格，不，甚至像是被曝光強閃，當時只覺眼瞎目盲」，嚴格的說，顧城的《英兒》是一本真正的「文學盛宴」，他離死亡（自死）並沒有那麼近，他在寫此書諸篇時，或仍在一種顛倒夢幻、唏噓追憶的「離開傷害本身」，所以照見那回憶時光裡的攝影機全面打開，草葉上露珠的折光、女孩的一顰一笑，與島上鄰人的日常生活，都細節飽滿，且是他顧城作為詩人的物理學、宇宙管弦樂的「動——靜——感——悟」，那相較於我們仍膽怯待在其中的，「卡夫卡世界」，他像個瘋狂劇作家，同時把他置身的中國大陸現況（包括魯迅、沈從文、張愛玲他們為之痛苦的中國人），西方文明（或曰現代資本主義）實體世界，全否了，然後說不出的將我前面說的，〈桃花源記〉、《紅樓夢》、莎翁的《暴風雨》、《魯賓遜漂流記》，全併成一個辦家家酒，但邀了謝燁、英兒這兩個美人兒一起實踐的「夢中場景」。

但我們必然過不去那「文學之極至」（無論如何至情至性）與「除我之外的任何人等」之間的道理之線，照他的劇本（不，已經因為英兒的叛逃而全毀了），燃燒火柴熄滅前跳竄的最後光焰，寫出這本必然驚動世人的力作，然後自死（若有最狠的報復，就是在書中，被詩人夢境全息、升維，像川端「新感覺派」那種不可能現實複製的美、迷惑、純真、自由穿梭，被寫下的英兒，隨著被背叛的詩人（情人）自殺，她的餘生將活在永夜，也就是詩人，永遠是他那個意義暴漲的城堡中，唯一的獨裁者，乞丐國王。他相信且想像是那靜止的紙頁之外，其實他的魔法，宇宙星辰、神鬼精靈，仍不停止的轟轟運轉），但謝燁何辜？為何以這麼殘暴的方式，將她也劈死？

很多年後，某一次遇見我一位大學老師（她也是顧城的超粉），告訴我這個悲劇的另一個版本，好像是她讀到顧城的姊姊，後來寫的一篇翻案文章。事情並不是我們只停在閱讀《英兒》，那撫卷悲嘆的版本。後來這個（明顯更移動、同情顧城）的版本是，雷在「英兒叛逃」後，確實如寶釵、如一個亦妻亦母的陪伴者，支援著顧城那「兩眼如火燭高燒，但又同時將熄滅」的著書，然後自死的計畫，這也是顧城在「遺囑」中，又把唯一知心人、傾訴者轉回雷，這個大器的妻子。但緩刑（或執行這個寫書，然後自殺）的時光，略長了，也許書寫者在和回憶搏鬥的過程，又找到了生機。但這個陪伴他實踐這計畫的溫柔、耐性寶釵不允不依了，事實上顧城在真實生活就像個失能的小孩，於是那「必須執行這個瘋狂計畫」的細微監控力，和顧城（這瘋子，這賈寶玉，這孫猴子）經歷著書寫《英兒》的內心變化，產生了互抗。他或許懷疑，雷也太冷靜了，一多了心眼，一查，原來雷像照著行事曆，「押著」他走完最後時光，（等他自殺）之後就會和那個白人老頭，離開這個「爆炸的大觀園」。

所以，才有後來那，違逆所有人能想像的慘況：他用斧頭劈死了雷，然後上吊。

這堪比《伊底帕斯王》、《哈姆雷特》的慘酷悲劇，也確實讓那祕境之外的我們，掩面、恐懼與哀憫。確實，換作我們任何一人，置身書中、島上，那三人世界，不論是英兒或謝燁，都很難不出現她們的「天啊，這是一艘滿載煙花的小舟，這個兩眼變成銀幣光輝的瘋子，下一秒要引爆藝炸了」，那包含愛、迷戀、被他的光芒所征服，但在真實兩年、三年、十年的共伴生活，她們還是暗中摸索著，和那他以發光體每個字，每句詩所蔑視的真實世界（金錢、權力、四百年時間差「老外」累聚的資本世界）暗聯管線，逃獄之路。當然在顧城這裡，就是絕對的背棄，是的，他被遺棄了，比賈寶玉還慘，他用真性情、「痴」、絕美、絕對的孩子氣、絕對的柔軟，建構的「荒島大觀園」，竟然，黛玉是個作戲的；而寶釵是個冷靜如實驗室科學家，他的「真」語境如此容易被模仿，被她們面不改色用來和他生活（每一句對話都像戲台上那麼超現實）。迎合他，甚至雷陪他一起實踐那個「寫出《英兒》這部書，就自殺」的計畫，鎮定的盯著他倒數計時的每個刻度。這場藝爆大戲一結束，雷就收拾走人，跟白人老頭跑了。

這對於年輕的我的內心震撼，其實恰正是現代小說與詩的對撞。前者，譬如納博科夫的《蘿莉塔》、符傲思的《蝴蝶春夢》、川端的《睡美人》，現代小說極芯心的一支，原本就是超越古典時期，需花較長時光，建構秩序、全部柱梁結構分散力，因此龐大篇幅才能捕捉到的「近乎神」的美、光芒、激情，但二十世紀發生在人類眼前的，人類科技、大型城市的運作、電影工業、極度陌生化的「脫離原始人」的現代力量崇拜，它在創造出那樣，未被通俗小說，現在更回不去的漫威超人英雄，未被後來的網路雲收編成無數光纖中的一個小小存檔——事實上是更多人數的團隊，將「小說」成為故事貨幣，更無介質阻力的流通、消費——在二十世紀小說的中期，這種「小說家一人在他的小說中，實現神才能在祂心靈之眼，閃瞬、流轉、大數據的人類命運」，現代小說必然有因觀測、獵取所產生的內在暴力，很多時候，我們崇敬、不察，乃因這種小說是以小說家自身（有限的肉體、有限的書寫時光）為殉道場，為破碎崩散的玻璃鏡牆，為地獄變，去觀照「這一百年來的人類歷史，難以析離解構的暴力超結構」，譬如莫言的《檀香刑》、舞鶴的《悲傷》、徐四金的《香水》，或魯西迪的《惡魔詩篇》、波拉尼奧的《2666》，現代小說就像NBA總冠軍賽，神人的超乎想像的（心靈）肌肉超重力的扭絞，再現了我們平凡人，正就是活在這種鋪天蓋地、結構森嚴的「歷史業障」，可能憑某個天才小說家，以移形換位、不可能破解的重重封印，一晃某種破裂之可能，隙光灑下之可能。很多時候，現代小說家在再現那「命運交織的超級巨獸——現代」之際，自己成為附魔者、語言的戰爭大轟炸廢墟、鋼筋水泥玻璃或原本人們生活其中的家具、瓷器、書本、廚具全熔化嵌結。

但顧城的詩，那個才氣真是大啊，那個靈性、魔性、妖如夏日蒸雲，完全擺脫人世間任何重力限制的款款，玻璃性卻又柔若蛛絲、自由飄行。我這樣在這般「小說入門」的一講中談他，其實都是褻瀆了。設想，當年在讀到《英兒》書中，附的比那時更早十多年吧，顧城和謝燁猶二十多歲吧，仙氣逼人，美如春花的照相合影，其時中國大陸剛經過那樣慘酷、集體痛苦，乃至之後三十年，已經寫了大半輩子的莫言、余華、賈平凹、閻連科，他們的小說曠野仍是回望那農村集體、瘋狂、塵土間的暴力，而顧城，在一九八〇年代，就輕盈的盤旋飛起。那種近乎魔怔的天才光照，使他們三人選擇實踐那「夢中生活」，最後以那樣駭人的悲劇收場。任何一個年代，再重讀《英兒》，很怪的是，那封印於靜止文字中的「真」、「性」、「情」，又如流螢群聚，冉冉復活，流動飛起。

我這裡抄一首顧城的〈鬼進城〉組詩中，其中一首〈星期日〉：

「死了的人是美人」鬼說完
就照照鏡子　其實他才七寸大小
被一疊玻璃壓著　玻璃
擦得非常乾淨

「死了的人都漂亮」　像
　　無影玻璃
　白銀幕　被燈照著
　過幻燈　一層一層
死了的人在安全門裡
一大疊玻璃卡片

他堵住一個鼻孔
燈亮了　又堵住另一只
燈影朦朦　城市一望無垠
她還是看不見
你可以聽磚落地的聲響
那鬼非常清楚
死了的人使空氣顫抖

遠處有星星　更遠的地方
還是星星　過了很久
他才知道烟囪上有一棵透明的楊樹

如果想對年輕人說幾個，我認為「小說這件事值得你為它守護二十年、三十年」的詞：仁慈。更寬闊的理解你原本不可能理解的過去的人們，以及過去時光沒有模型以顯形的後來的人。

原諒

年輕時讀朱天文的〈肉身菩薩〉，內中引「尸毗王割肉飼鷹救鴿」的故事，大意是一鷹追獵一鴿，鴿躲入尸毗王腋下，請求庇護。但鷹對尸毗王提出一個大哉問：你救了牠，卻害我餓死，那豈不公？尸毗王拿出小刀，割下自己的肉，希望以此鮮血淋漓肉之己肉，換下鴿子一命。但老鷹說出一個終極平等之難題，非割下一塊等重之命抵一命（若眾生真的平等），需拿出秤來，一端秤盤放上鴿子，另一端等尸毗王以怎麼的捨身加碼，尸毗王割下兩條大腿的肉，秤仍傾向鴿子那端，尸毗王又割下兩隻手臂和兩邊腋下的肉，直到身上的肉都割完了，放上秤盤還是不能和鴿子等重。我記得讀朱天文這小說時（那時我哪懂任何佛法，且這篇小說是三十年前寫男同志之情色創傷，慾海翻滾）內文，一直有：「這樣夠了嗎？」「不夠。」

「那這夠了嗎？」「不夠。」「那這樣呢？」「不夠。」最後尸毗王將自己整個爬上秤盤，捨命換一鴿命。

也許我記錯了（究竟隔了那麼多年），後來我是在柯慈的《屈辱》的結尾，同樣看到這樣的擊鼓咚咚，那個「進入性侵女學生的卡夫卡機器，而後完全退出社會身分的浪漫主義教授，到了他的老女兒的住處——」這說來話長，遇上了那個自小被他遺棄，自立成長，憎恨他，且有自己生命狀態的女兒，恰遇一群那近乎篷屋貧民區的當地人輪暴，但這經歷了也許柯慈想以小說的暴力裸命，答問南非的白人與原住民之歷史仇恨可能以小小個人贖償否？——總之，最後，他尋去那位女學生父母的住處（其實以讀者的感覺，當時在這大學教授和女學生之間的「性侵」，就像夢境或無聲電影回播一樣，是非常難用文學感受判定之「罪」），很讓年輕時的我震撼的，是他向那與他同齡的女孩的父母下跪。「這樣夠了嗎？」「不夠。」「那這樣呢？」……

但其實我這一回合，並不是想要談，我年輕時從小說中受到這種「內心的贖償」——宗教的、悲劇的，基督為世人受釘十字架之悲愴的震撼（想想杜斯妥也夫斯基的入門款小說《罪與罰》給二十歲的我，在自己山上小宿舍，那彷彿五雷轟頂的巨錘），二十歲的我，到現在五十七歲的我，又經歷了世間那麼多難以言喻的巨變，外在的，周邊長出的年輕世代、網路、智慧手機，乃至我年輕時的上一代人，以及我這一代人的老去。後來的好萊塢電影（包括《X戰警》系列、《復仇者聯盟》系列），整代人在那光電巨維的場景裡，壞蛋、邪惡者，必然要以更強大的力量將之殲滅。有一時期我在網路上看到許多人引用的流行語是「加倍奉還」。乃至後來愈補課一些小說，譬如波拉尼奧這樣的大小說家，或譬如普利摩・李維《滅頂與生還》記述奧斯維辛的，真實發生過的，超過人類心靈能承受的大場景，冷酷的屠殺，種族滅絕。以小小的我，編造的小說祕境，人類——《人類簡史》的這個物種，或我們所寄生、倖存，乃至必然共享至少這近百年「現代」之暴，或是仍持續存在的絞肉機，我們只是僥倖懸浮放外作為「如何同情與理解他人之痛苦」的觀測者——怎樣才夠？永遠不夠！也就是「小說」無法僭越的夢外之悲。

但我此處不是想展開這個，我在這一篇的開頭，只是像用一根玻璃管，輕輕敲擊一只極薄的高腳玻璃杯沿，我想像能否在我年輕時的小說閱讀時光，某一刻，讀到「原諒」，這個古典、行使能量極微弱，但讓「只在閱讀時」，內心感到小小暖意的光暈。

最老的，還沒接觸過現代文學的，或許是從中學課堂聽到的，楚莊王與群臣夜宴，一陣狂風吹滅大廳之蠟燭，漆黑中，有一隻手拉住楚莊王寵妃之袖，那寵妃機敏反應，順手扯斷那鹹豬手主人的帽纓，然後向楚莊王告狀。也就是說，只待燈光再亮起，這個暗黑中起色心的某位臣屬，就死定了。沒想到，楚莊王在黑暗中，對群臣說，所有人不把帽纓扯斷，就是喝不盡興。

這當然是放在如今，非常政治不正確的一個「古老的故事」，但確實在我年輕時，「黑暗中遭遇了可以抓到對方罪證」，或「黑暗中，我犯下了某個只有他知我知之罪，必死無疑」，但卻在黑暗中，一瞬之判，被赦宥了，不知為何，我對這「無人知曉時刻，原本該被判永遠人間失格，卻被強大於自己能理解的某種、對方的決定，放過了」，「我原諒你了」，我的「罪識感」如此強烈、深沉。

在楚莊王的故事裡，當然有更大的權力者之精算，「成大事者不糾結」，最終收得（無人知曉）一願為之效死之大將。

但在後來我有限的社會（或曰江湖）經驗，情境千變萬幻的，系統運轉中的，某位高者在酒談間訴說某某之「捅刀之恨」，我似乎也酒間打屁以「楚莊王故事」勸慰。

英國小說家伊恩．麥克尤恩的《贖罪》，後來被拍成以「敦克爾克大撤退」的史詩級壯曠海灘蟻群般的軍人、海面上密密麻麻的援運艦船、德軍戰機的空中掃射和轟炸……這樣的大場面，感覺中是後來這些《復仇者聯盟》、《X戰警》、《變形金剛》漫天機器戰神大戰外星邪惡侵入者，之前，最後的古典「蕩氣迴腸」，劇中主人物之間的人性劇烈衝突、愛、恨、無意義之惡、無法贖償的痛苦、人類如此渺小……全景調度的電影工業之大廈。

小說內容我便不再多贅敘：就是在二戰前數年，在英國一個上流社會莊園裡，大姊西希莉雅和家僕羅比，發生了跨過階級隔閡的祕戀。而小女孩白昂妮對成人世界懵懵懂懂，但又因這種有錢世家的藝術、小說、戲劇素養，以及早熟在大人身邊偷聽的複雜人事臧否（可能年紀較長，有一個機緣，可以成為《追憶逝水年華》那樣的無限光影縱深），總之這個以劇情來說絕對不討人喜歡的小女孩，在目睹了姊姊和家僕的私密性愛，然後又陰錯陽差因那倒楣大男孩拿錯的一張紙條（不多說了），總之在一次，家族聚會，表姊意外被強暴的事件中，像群蛾撲罩燈，陰翳昏閃（或曰少女對性、禁忌、惡意、莫名的憎恨）中誣指了羅比就是那強暴犯。後者入獄，等於拆散了姊姊和男友這對苦命鴛鴦，之後的情節合理延續，四年後羅比從軍，交換獄監，然後輾轉回到英國，與西希莉雅重逢，依舊成為情人。這時長大懂事後的白昂妮遇見他倆，想要道歉、補償、祈求原諒當年自己犯下之惡，但兩人始終不原諒她。

為什麼不原諒？電影或小說的結尾，翻轉了前面這一大段情節。事實是，他倆根本無法原諒，羅比在敦克爾克大撤退中，因中彈負傷，敗血症而死。姊姊西希莉雅，則在一次德軍空襲倫敦，躲在地下鐵避難，不幸被洪水淹死。也就是少女當年說謊、無意義之傷害，在許多年後，已完全無法在時光的追擊中，去「贖罪」，因為命運危脆，兩人的肉體時間已不幸被摁停、壞毀、死滅。而持續活著、老去的，這時早已不是少女，而是一個小說家，在她的第二十一本書，虛構改變了姊姊和情人的命運，也就是前面那個兩人重逢，又在一起，但死不肯原諒這個妹妹的版本。

仔細想，現代小說或是說其前身，譬如《伊底帕斯王》、《米蒂亞》、《哈姆雷特》、《馬克白》、《奧賽羅》……確實不以「原諒」為其心靈之鐘罩。

我二十多歲時，在陽明山山中小屋，抄寫李渝的《溫州街的故事》，啊，當時只覺文字如雨，一行一行降下，一字一字皆像藏人老婦的項鍊——綠松石、天珠、蜜蠟、暗紅珊瑚、琉璃、狼牙、天青石——各自迸出天然折光，各自有其靈魂、精神，多年沒再翻讀此書，仍對裡頭〈夜照〉、〈她穿了一件水紅色的衣服〉、〈傷癒的手，飛起來〉、〈夜琴〉、〈菩提樹〉……諸篇，只覺篇篇好，如玲瓏閣的內褶、錯幻、縱深，那對我，像是蠻族小孩初習琴，卻遇到了一位絕世琴師，嚴謹孤高的每一動皆演示著，一首曲子每個音符，每瞬指甲蓋觸弦，皆應如此蓄勁、續斷皆有用心，每一節皆是對描摹的對象，他我合一。當時不知有郭松棻，等到三十多歲，從畏友黃君那聽聞對郭的極高評價（若是挑選台灣前十名短篇，郭松棻的〈月印〉當排第一），我也畏敬找來細讀，真是好！確實是不可思議的藝術高度，真是近乎人類鑄鐵而能造出一只，時光中難再被復刻的蒸汽火車頭，全然漆黑中，卻如曜變天目碗，星光燦爛，萬簇虹光吞吐閃爍。

雖然這遲到的震撼，意識到郭與李既是患難夫妻，在小說深度深勘上，兩人又似乎亦師亦友，至小那「孤句如雨陣」在書頁上的布局感覺，似「同一門派」，但年歲愈大，我記得的，《溫州街的故事》中的諸短篇，對我似乎更貼近，我「既在其時代集體場景中，但只是一個無知孩童」的，緩緩、淹漫而上的「記憶、感覺的無止境、印象畫派的點點補色」，某部分來講，在那個（或以「解嚴」為簡單劃分）斷裂口，當時的「白色恐怖」，它們並非現今產出的，「曾經施暴、冰冷機器、密室小屋偵訊、一片茫然的一個個獄友被叫出槍決」而已。它們其實還在那「白色恐怖」的尾端，大部分仍是民間私語傳說的「鬼故事」（借用童偉格《童話故事》中其中一篇的一個詞），但像我這樣一個迷迷糊糊跟著像被霰彈槍打過，有的部分結痂、有的部分發炎、有的部分永遠嵌著生鏽的鐵珠子……的時代，推著進入自己的二十歲文學啟蒙時光，當時讀到的〈夜琴〉、〈菩提樹〉，很像是當時既囫圇，但又說不出哪裡怪的讀了《紅樓夢》，寶玉在秦可卿閨房床上睡著，夢見警幻仙子示喻一章，但要再幾年讀到「秦可卿淫喪天香樓」的本來刪去之錯繁情節，那種「在不可說的時空中，如何以文字之謎、祕、影翳，收攝其難以言喻之哀慟、恐怖、創傷」。這之間的反差（在現在，三十年後的文學語境，難以復現了），因為「溫州街」的那些將軍、將軍的妾、將軍的兒子、台大教授、傳奇戲伶、打麻將的貴婦、副官、本省青年……他們確實是那個「遷移至台灣」的外省人內部，夢境的核心。前有白先勇的《台北人》（真的篇篇活靈活現），但隱蔽到更難以戲台視覺（或曰，在更長時光，那些戲中人走入後來二十年、三十年在台北這小城一隅，這些人在國府軍政集團，諸場大規模戰役中，潰敗、殺戮、崩解、逃難，那收束監控的愈窒息，非遊園驚夢，而是難以用完整畫面呈現的），那一層層密不透光的雨陣中。「雨」，這個意象，在後來童偉格的《西北雨》，或黃國峻的〈觸景〉，又更不可思議，更複雜的將「我們」，變成那啪啪驟打而下，瞬即消失的雨滴本身。但我二十多歲時，並不知道這幾個短篇，在華文小說中多麼珍罕（如同郭松棻那更珍罕的小說數量），雨陣中隱著多少無法直言的，既被時代狠狠擊打，但那麼渺小的小說中人物，那麼不幸，那麼大的離散，又有一種只有明傳奇的長篇幅，才可能敷衍的令人淚下之輾轉愛情。

〈菩提樹〉裡的溫州街少女阿玉，父親是當年的台大教授，一種朦朧，台北植被感受的少女暗戀，但對象恰正是父親學生，後來被白色恐怖的台籍青年。可能從聶華苓筆下的殷海光，到李渝提到的唐文標，甚或後來的她與郭松棻的少年雛形長成，那個既被壓抑，又窸窸窣窣長出追求自由、思想、人文精神，一種隱藏、褶壓的、受傷的「但不斷累聚陰影向下往」，不，應說是向下墜的整兩、三代人如凍肉般的集體心靈團塊。而前面說的，李渝這種雨陣般的行句，就像雕刻刀落在這個「時光活體／記憶屍身」，一種說不出類近魯迅愛的木雕版畫的影翳感、憂鬱感、昨日世界感，「所雕草木皆有情」。

〈夜琴〉中，那個挨在大戰、逃難剛結束的台北，女人等待著，像馬奎斯《沒有人寫信給上校》裡，那種獨居之人，其實生命中所有希望、眷愛之人都已離散，或死去，「是回去了呢還是抓去了呢？」「連續出現兩個土黃色中山裝，問她很多關於他的事，問到後邊軍營悠悠吹起了熄燈號」，真實說這是「已經死去之後的時光」，但人仍空蕩蕩活在夜寐夢境，白日如遊魂上街買菜，那種無人知曉的等待。社會版每天不同的，情侶在淡水河口自殺、戰爭的消息，關於某些精神疾病新的醫學發現、那個戲曲紅伶偕情人投匪的新聞……我前面說的，雨陣中各種極細微、光暈發散的，「那個年代溫州街的」，某幢日室房宿傳出教堂聖歌的風琴與人聲合唱，忽遠忽近的人聲，白蟻紛飛，路邊野狗，牆上藤蔓，像秀拉點描畫法，少女時的回憶，逃難的回憶，倉惶失散來到台北的現況，潤物細無聲，渾欲不勝簪，人在那集體失聲的「戰廢品」（借哈金的書名）聚居小城中，自我內向回饋時鐘停止之前，曾經所見所經歷，然後某天（這時我們知道，她已成了那溫州街某個巷口小麵攤的，連老闆都不是，就是個打工婦）：

門推開，穿著藏青色外套的男子走進來。獨自一個人，坐下在角落的桌旁。縮著肩，從嘴裡呼出一口暖氣，搓著手掌心。

她用漏勺量了一分麵，伸進冒著細沫的湯鍋。

從小櫃裡的瓷碟撥出一點蔥花，撒在整齊排列的肉片上，熱騰騰地放在桌面。

他抬起頭，微笑接過碗，移到自己跟前。把椅子往前挪了挪，從竹筒揀出一雙筷子。

已經沒有車輛經過門外，只有筷子偶然碰到碗邊，和索索吃麵的聲音。半條尾的一隻小壁虎，從櫃後溜出來，靜靜趴在牆的邊緣。

側面倒是有點像呢。

這樣躡手躡腳，如貓小心翼翼，不驚擾的在「創傷終於修復之交響樂高潮，眾大小吹號齊響，大小提琴狂拉，鼓鈸如雷擊」的靜謐外圈兜繞，即使年輕時懵懂的我，讀了都說不出的心碎。是那個多年前消失的男人，在這樣灰撲撲、侷促的場景，竟回來了嗎？但接下來，那始終只寫眉目、微笑、陌生人禮貌神情的，「很像是那突然回來，給自己一個驚喜，也未必不可能的」男子，終究是自己恍眼認錯的陌生人，但接下來她寫道：

她拿起鋁蓋，蓋上湯鍋。霧氣不見了。現在壁虎斜趴在天花板頂了。擦乾淨了手和臉，站起身穿上外套。一陣冷風灌進來，當他開門離去的時候。每個桌子重新擦一次。椅子反過面，倒扣在桌上。把裝著剩麵的鋁鍋暫時放在地上，從外邊再加一層鎖。金屬在寂巷裡咔嚓地碰響。她用力往前拉一次，確定是扣好了，再讓鎖沉重地落回木板門面。

這樣不憚細節記錄「一個賣麵婦人收攤後的，每一動作」，確實像馬奎斯寫邦迪亞上校臨死前的半天，獨自摳摳摸摸，把水壺裡的咖啡渣連鏽屑一起刮下，沖水喝了，吃通便劑、回憶某幾個故人、寫封沒有意義的信……諸如此類，然後，在這孤寂、安靜，對，貓步在讀者眼中的虛空劇場，演著獨幕默劇的女人，下一瞬：

我給妳拿吧——

一個熟悉的聲音說。

一個肩開始溫暖地擦著這一邊肩。

她知道他會回來的。

遲疑著，讓他接過鍋。手碰到自己的，一陣溫熱。

這幾年都好，他說。

她低下頭，嗯了一聲，算是回答，心裡還是有點氣。

騰出一隻手，伸過來，摸索到她的腰，她一陣羞，在黑暗裡紅起了臉。

這麼像傳統戲曲，不忍心傷害看戲的眾生，在真實生命中已那麼痛苦絕望，結局寧願縱放那「悲戲之昇華」，也要給看戲痴人一閃煙花的溫暖與安慰。不，李渝究竟是個嚴格——不論是從《紅樓夢》、從《追憶逝水年華》，從余承堯那像將自己肌肉塊皺上畫布成憂鬱山谷的藝境——的琴師，下一轉，真正這篇小說的結尾：

她停下步子，回轉過頭。空寂的街道靜靜鋪在自己的身後，浸在紅色的燈光中。除了燈柱投下的細長而規則的影子，除了自己什麼人也沒有。

她把鍋柄卡在腰際，伸手掠了掠頭髮，換過這邊來，再拿穩了。塑膠的鞋底重新啾蟲似地響起。

黑暗的水源路，從底端吹來水的涼意。聽說在十多年以前，那原是槍斃人的地方。

李渝的《溫州街的故事》，有一種「這一群人窩聚於此，而當我此刻來說故事，揭開那鍋蓋，那之前，他們身上已發生過許多的祕密、委屈、吞下肚子不能吱聲的嚇人事件，被慰平，收藏於如桌櫃大小長短抽屜的許多個人生命史」，這種鬼故事特有的朦朧、迷霧、光影晦曖。這種氣味非常奇妙難得，很像老瓷器、老木造家具上的包漿，某部分，很像「時代的髒」和「人心嚮往的善美」，混淆共生在一起，但她如前面所說的那種，陣雨降下的斷句文字——也並不是法國新小說那種

「將主體性取消，打散在精密觀測的客體物件，一個房間裡的所有擺設上——」但有一個藏在其中的小說教養：刻意回到，每個被記錄的人，在那時光熬湯中，即使他們不是受難者，或施暴者，但他們都在場，那頗長的幾十年骨架、皮膚、肉塊、內臟、大腦其實都熬煮在一起。它們為什麼比之前的華文小說好，因為它們不是如後來的通俗小說、奇幻小說、好萊塢漫威英雄，那種簡單的劃出「我群湊聚之愛，對彼的仇恨」，將惡推到視聚外可見的巨大怪胎。李渝或郭松棻筆上的人，本來就是「回不去了」的，不假裝無辜，但不停止追求靈性與自由，哪怕像小小麻雀在泥沼中掙撲，死前最後的微弱心跳，因為故事都必須從此開始講起，所以它們不可能是資本主義強光、可批量生產的（自然也不是現今說的AI能騙過的，所謂「故事消費」），所以小說中的人物，都說不出的心事忡忡、欲言又止、貌合神離。已經被玷汙過了，已經被暴力的鋼梁穿屋破窗擊打過了，事件的現場早已被清洗、重新布置過了。兩眼一抹黑，從何開始每一刻度的尺標？每一音階的調校？仍舊是那永不休止的，「微弱的對靈性、自由的深海探尋」。

我突然這才想起，這篇講題：「原諒」。但似乎說著說著，是我內心感慨如果想對年輕人說幾個，我認為「小說這件事值得你為它守護二十年、三十年」的詞：

仁慈。更寬闊的理解你原本不可能理解的過去的人們，以及過去時光沒有模型以顯形的後來的人，某個時刻捧起受傷如鳥兒，那麼無辜脆弱的人類，深度的「小說的」感受。如同李渝愛細品的《紅樓夢》，對自由激情、愛戀中的情人、死亡，對將來大悲劇的預感、渴美、宗教層次的展示對時間之領會，小說一如人世（更長更多的有情眾生，是活在殘暴、恐怖，如飼箱裡整批被悶死小雞的無以言況之痛苦），「太難太難了！」

【附錄】

延伸閱讀&觀影清單*

單篇小說：

*布魯諾．舒茲，〈肉桂店〉

*馬歇爾．埃梅，〈穿牆人〉

*波赫士，〈另一次死亡〉、〈博聞強記的富內斯〉

*芥川龍之介，〈竹藪中〉

*郭松棻，〈月印〉

*編按：此附錄是根據作者文章提及並推薦之經典小說與電影作品精萃整理。分作「單篇小說」、「西方書目」、「日文書目」、「華文書目」，以及「電影作品」呈現。

＊袁哲生，〈送行〉
＊雷驤，〈鐵肺〉
＊朱天文，〈肉身菩薩〉
＊黃國峻，〈觸景〉
＊張愛玲，〈桂花蒸阿小悲秋〉
＊沈從文，〈丈夫〉
＊魯迅，〈祝福〉、〈在酒樓上〉、〈無常〉

西方書目：

＊馬塞爾・普魯斯特，《追憶逝水年華》
＊米蘭昆德拉，《生命中不能承受之輕》、《玩笑》
＊沙林傑，《麥田捕手》
＊D. M. 湯瑪斯，《白色旅店》
＊保羅・奧斯特，《布魯克林的納善先生》
＊瑪格麗特・莒哈絲，《情人》
＊徐四金，《香水》

*杜斯妥也夫斯基，《地下室手記》、《卡拉馬助夫兄弟們》、《罪與罰》、《白痴》、《少年》、《附魔者》

*海德格，《存在與時間》

*加布列．賈西亞．馬奎斯，《百年孤寂》、《愛在瘟疫蔓延時》、《沒有人寫信給上校》

*弗拉基米爾．納博科夫，《蘿莉塔》、《幽冥的火》

*符傲思，《法國中尉的女人》、《魔法師》、《蝴蝶春夢》

*伊夫林．沃，《一掬塵土》

*E. M. 佛斯特，《印度之旅》

*福樓拜，《包法利大人》

*塞爾曼．魯西迪，《魔鬼詩篇》、《摩爾人的最後嘆息》

*奈波爾，《抵達之謎》

*伊恩．麥克尤恩，《贖罪》

*伊塔羅．卡爾維諾，《分成兩半的子爵》、《宇宙連環圖》、《如果在冬夜，一個旅人》

*安伯托．艾可，《玫瑰的名字》、《傅科擺》、《昨日之島》、《波多里諾》

*葛拉斯，《錫鼓》
*法蘭茲．卡夫卡，《蛻變》、《城堡》、《審判》
*普利摩．李維，《週期表》、《滅頂與生還》
*艾莉絲．孟若，《感情遊戲》
*詹姆斯．喬伊斯，《尤利西斯》
*雅歌塔．克里斯多夫，《惡童三部曲》
*柯慈，《屈辱》
*威廉．高汀，《蒼蠅王》
*胡利奧．科塔薩爾，《跳房子》
*威廉．莎士比亞，《哈姆雷特》、《馬克白》、《亨利四世》、《暴風雨》
*羅貝托．波拉尼奧，《狂野追尋》、《2666》
*喬賽．薩拉馬戈，《盲目》、《里斯本圍城史》
*皮藍德婁，《六個尋找作者的劇中人》
*伊利亞斯．卡內提，《得救的舌頭》
*艾瑞斯．梅鐸，《大海，大海》
*奧爾嘉．朵卡萩，《收集夢的剪貼簿》

＊傑克・倫敦，《白牙》
＊阿蘭達蒂・洛伊，《微物之神》
＊格雷安・葛林，《愛情的盡頭》、《喜劇演員》、《布萊登棒棒糖》、《事物的核心》、《沉靜的美國人》
＊麥克安迪，《說不完的故事》
＊威廉・福克納，《聲音與憤怒》、《熊》
＊巴爾加斯・尤薩，《胡莉亞姨媽與作家》
＊紀德，《偽幣製造者》
＊安潔拉・卡特，《焚舟紀》
＊湯瑪斯・曼，《魔山》
＊麥爾坎・勞瑞，《火山下》
＊卡洛斯・富恩特斯，《奧拉》
＊索發克里斯，《伊底帕斯王》、《安蒂岡妮》
＊列夫・托爾斯泰，《安娜・卡列尼娜》
＊赫拉巴爾，《過於喧囂的孤獨》
＊米榭・韋勒貝克，《無愛繁殖》、《一座島嶼的可能性》

日文書目：

＊太宰治，《人間失格》、《斜陽》

＊川端康成，《雪國》、《睡美人》、《千羽鶴》

＊三島由紀夫，《金閣寺》

＊谷崎潤一郎，《陰翳禮讚》

＊村上春樹，《世界末日與冷酷異境》

＊夏目漱石，《心鏡》、《從此以後》

＊水村美苗，《本格小說》

＊石黑一雄，《長日將盡》、《群山淡景》、《浮世畫家》

＊村上龍，《到處存在的場所　到處不存在的我》

＊大江健三郎，《換取的孩子》、《憂容童子》、《再見，我的書！》、《聽雨樹的女人們》、《萬延元年的足球隊》、《空翻》

＊井上靖，《敦煌》、《天平之甍》、《冰壁》、《青衣人》、《黑蝶》

＊芥川龍之介，《河童》

華文書目：

*曹雪芹，《紅樓夢》

*白先勇，《台北人》

*王文興，《家變》

*舞鶴，《悲傷》

*童偉格，《西北雨》、《童話故事》、《王考》、《無傷時代》

*黃錦樹，《刻背》、《猶見扶餘》、《南洋人民共和國備忘錄》、《魚》、《雨》

*李永平，《吉陵春秋》

*張貴興，《群象》

*李渝，《溫州街的故事》

*邱妙津，《蒙馬特遺書》

*七等生，《沙河悲歌》

*畢飛宇，《推拿》

*王安憶，《考工記》、《小城之戀》

*張愛玲，《半生緣》、《易經》、《小團圓》、《雷峰塔》、《第一爐香》、

《第二爐香》、《沉香屑》

＊哈金，《等待》

＊莫言，《檀香刑》、《白狗秋千架》、《紅高粱家族》

＊董啟章，《天工開物．栩栩如真》、《愛妻》

＊韓少功，《女女女》、《爸爸爸》

＊魯迅，《狂人日記》

＊顧城，《英兒》

電影作品：

＊尚賈克貝內導演，《巴黎野玫瑰》

＊戴倫．艾洛諾夫斯基導演，《力挽狂瀾》

＊薛尼．波拉克導演，《遠離非洲》

＊史蒂芬．史匹伯導演，《AI人工智慧》

＊璜恩．荷西．坎帕奈拉導演，《謎樣的雙眼》

＊鄧肯．瓊斯導演，《啟動原始碼》

＊雷利．史考特導演，《銀翼殺手》

＊文・溫德斯導演，《慾望之翼》、《尋找小津》
＊亞倫・雷奈導演，《去年在馬倫巴》
＊岩井俊二導演，《情書》
＊北野武導演，《阿基里斯與龜》
＊黑澤明導演，《夢》、《羅生門》
＊宮崎峻導演，《風之谷》
＊今敏導演，《盜夢偵探》
＊李安導演，《少年Pi的奇幻漂流》
＊侯孝賢導演，《童年往事》、《戀戀風塵》
＊楊德昌導演，《牯嶺街少年殺人事件》

麥田文學328

如何抵達人心，如何為愛畫刻度

駱以軍的文學啟蒙小說26講

作　　　者　駱以軍
責 任 編 輯　林秀梅、張桓瑋
版　　　權　吳玲緯、楊　靜
行　　　銷　闕志勳、吳宇軒、余一霞
業　　　務　李再星、李振東、陳美燕

副 總 編 輯　林秀梅
編 輯 總 監　劉麗真
事業群總經理　謝至平
發　行　人　何飛鵬
出　　　版　麥田出版
台北市南港區昆陽街16號4樓
電話：886-2-2500-0888　傳真：886-2-2500-1951
發　　　行　英屬蓋曼群島商家庭傳媒股份有限公司城邦分公司
台北市南港區昆陽街16號8樓
客服專線：02-25007718；25007719
24小時傳真專線：02-25001990；25001991
服務時間：週一至週五上午09:30-12:00；下午13:30-17:00
劃撥帳號：19863813　戶名：書虫股份有限公司
讀者服務信箱：service@readingclub.com.tw
城邦網址：http://www.cite.com.tw
麥田部落格：http://ryefield.pixnet.net/blog
麥田出版Facebook：https://www.facebook.com/RyeField.Cite/
香 港 發 行 所　城邦（香港）出版集團有限公司
香港九龍九龍城土瓜灣道86號順聯工業大廈6樓A室
電話：852-25086231　傳真：852-25789337
電子信箱：hkcite@biznetvigator.com
馬 新 發 行 所　城邦（馬新）出版集團
Cite（M）Sdn. Bhd.（458372U）
41, Jalan Radin Anum, Bandar Baru Seri Petaling,
57000 Kuala Lumpur, Malaysia.
電話：+6(03)-90563833　傳真：+6(03)-90576622
電子信箱：services@cite.my

封 面 設 計　許晉維
排　　　版　宸遠彩藝工作室
印　　　刷　前進彩藝有限公司
2024年3月　初版一刷
2024年5月　初版二刷

售價／450元
ISBN 9786263106383（紙本書）
9786263106499（EPUB）

城邦讀書花園
www.cite.com.tw

國家圖書館出版品預行編目資料

如何抵達人心，如何為愛畫刻度：駱以軍的文學啟蒙小說26講 / 駱以軍著. -- 初版. -- 臺北市 : 麥田出版 : 英屬蓋曼群島商家庭傳媒股份有限公司城邦分公司發行, 2024.03

面； 公分. -- (麥田文學 ; 328)

ISBN 978-626-310-638-3 (平裝)

1.CST: 小說 2.CST: 文學評論

812.7 113000552